*Författaren dedicerar boken till sin mor
Elli Jareteg för att hon alltid har stött
honom på hans vingliga färd genom livet.*

Jari Markkanen är jour-
nalist sedan början av
1980-talet. Efter jobb
på dagstidningar, för
tyska magasin och som
översättare gick han i
pension år 2019 och är
nu verksam som frilans
på jakt efter verklighe-
ten så som han uppfat-
tar den.

Han har studerat
på journalisthögskolan
och tyska i Hamburg
och Wien och på uni-
versitetet i Göteborg och han forskar i karatens historia
på egen hand.

Han bor med sin familj i Lund. På fritiden håller
han sig i form med att träna karate, lyfta vikter på gym,
spela gitarr, fiska, vandra i den skånska naturen och
utmana grannar i boule.

Författaren har gett ut följande böcker på BoD: Grodor-
nas fiende, Vikarien, Livslust – sex, jobb och vänskap,
Verkstaden, Projekt 80 – personligt om arkiverat beslut
och Karate – tomma handens väg.

Noterat år 1986

Jari Markkanen

Förlag: BoD – Books on Demand, Stockholm, Sverige
Tryck: BoD – Books on Demand, Norderstedt, Tyskland

ISBN: 978-91-8057-368-9

Innehåll

Gott nytt år!

S kål, Berit, för det nya året! säger jag och höjer en ölbägare mot min flickvän.

— Skål för en gemensam framtid för oss! säger hon.

Vi befinner oss på Bayerisch Zell på Reeperbahn i Hamburg, där jublande tyskar trängs i den dunkla danslokalen. De hälsar in år 1986 med skränande glädje. Ändå känner jag mig vemodig. Ännu ett år har förflutit och jag har bara åstadkommit en bråkdel av allt det jag planerade och lovade mig själv att genomföra förra året.

— Har du något nyårslöfte? frågar hon.

— Jag ska fixa fast anställning och skriva färdigt min bok Vikarien, säger jag.

— Vill du bara det? undrar hon med en forskande blick.

— Jag vill självklart få barn med dig.

Hon lutar sig fram, pussar mig på munnen och säger:

— Jag vill också att vi ska flytta ihop i år.

Vi kliver ut på dansgolvet och knuffas bland svettiga tyskar medan musikbandet spelar öronbedövande högt banala schlagrar. Efter en halvtimme får vi nog och går ut för att svalka oss i fuktig kyla. På gatan myllrar det av besökare som slösar pengar på strippklubbar, prostituerade, spelautomater och sprit och hela tiden tutar bilar medan raketer fortfarande smäller överallt i natthimlen.

Berit dök upp i mitt liv på en två veckor lång intensivkurs i tyska i Hamburg, som tyska institutionen på Göteborgs universitet arrangerade för sina elever som avslutning på vårterminen. Kursledaren bjöd in tyskar för att eleverna skulle få fler tillfällen att prata språket. En av gästerna var Berit och det första jag tänkte när jag såg henne var: Den kvinnan vill jag ha!

I det ögonblicket tyckte jag att Berit var en uppenbarelse i kvinnlighet. Hon var klädd i en trång blus och jeans som visade tydligt att hon har stora, fasta bröst och en smal midja, men hon förstorar inte sin kvinnlighet som många andra kvinnor med smink, nagellack, kjol, smycken, näpna skor och lustiga läten. Hon är en kvinna i original som utstrålar hälsa och styrka.

Uppenbarligen tänkte en annan ung man precis som jag. Vi började konkurrera om Berits uppmärksamhet som hon diplomatisk delade mellan oss. Hon besökte skolan några gånger och strax före elevernas avresa till Göteborg gav jag henne mitt telefonnummer och adress, ifall hon fick tid att besöka mig när hon ändå skulle resa till Sverige på semester.

I mitten av juni anlände hon till Uddevalla, där jag hade ett vikariat som redigerare på tidningen Bohusläningen. En timme senare omfamnade hon krampaktigt min utlösning.

— Vad tänkte du på när vi låg med varandra för första gången? frågar jag.

Berit ger mig en undrande blick och svarar:

— Nu blir jag med barn tänkte jag, för jag hade äggslossning.

— Jag ville redan då få ett barn med dig, för jag blev besatt i dig, säger jag.

— Jag förstod det när jag läste dina brev.

Jag hoppades att samlaget skulle få Berit stanna hos mig, men redan nästa dag reste hon vidare till min konkurrent som bodde i Kungsbacka. Jag kände mig inte orolig, för jag hade förbättrat mina odds. Hon åkte med mina spermier i livmo-

2

dern. Efter några dagar återvände hon och omfamnade mig intensivt. Hon hade gjort sitt val. Vad som hände hos den andra mannen förblir hennes hemlighet.

Under de två veckor som vi var tillsammans i Uddevalla njöt jag som besatt av hennes perfekta, starka kropp och en kväll förklarade hon leende att hon kände att hon hade blivit gravid. Några dagar efter att hon hade återvänt till Hamburg ringde hon och sade att hon hade fått mens. Vi kom genast överens om att göra ett nytt försök.

Vid tretiden på natten lämnar jag och Berit det bullriga Reeperbahn med en taxi till hennes lägenhet i stadsdelen Altona. Jag har fått huvudvärk efter ett tiotal timmar i nöjeskvarteret med spelhallar, barer, musikklubbar och dansställen. Jag är nöjd med besöket, för jag har fått uppleva en bit av Västtyskland: Surkål med kokt griskött, mustigt öl, schlagermusik och fulla, högljudda tyskar.

När vi har återvänt till lägenheten lägger jag mig direkt i Berits famn. Vi njuter intensivt av varandra, det är som om lusten förstärks av att vi vill förverkliga våra känslor med ett gemensamt barn. Vi älskar tills vi utmattade, svettiga somnar i varandras famnar.

Jag har aldrig tidigare fyllt ett sköte med så mycket sperma på så kort tid, en gång på morgonen och en gång på kvällen, så att hon alltid har pinfärskt säd i livmodern dit ägget ska vara på väg enligt hennes beräkning.

Vid fyratiden på eftermiddagen ligger jag fortfarande i Berits famn när jag vaknar. Hon är redan vaken och håller om mig med sina bröst tryckta mot mitt huvud som om jag vore ett barn som ska dias. Jag kysser hennes bröstvårtor tills de blir styva medan hon smeker min penis till stånd.

3

Svenska i högsätet

Berit kör försiktigt in i Hamburgs centrum på slaskigt hala gator medan jag tiger tjurigt för att hon vill att vi ska besöka Svenska kyrkan efter hennes lektion i svenska. Hon lyssnar ofta på prästens predikningar, för hon tycker att han talar tydligt. Jag vill hellre uppleva så mycket som möjligt av tyskarnas kultur och miljöer och njuta av deras språk.

Jag behöver koppla av efter att ha läst tyska klassiker hela dagen som jag ska redovisa på tyska institutionen, när jag har återvänt till Göteborg. Berit har tålmodigt spelat rollen som lärare och ställt knepiga frågor om böckerna.

Hon har lovat att vi ska besöka Altonaer Museum som har en stående utställning om tysk historia, allt från folkdräkter till skeppsmodeller, och sedan äta och dricka öl i en dunkel, sunkig kvarterskrog, men det får vänta ännu en dag trots att hon bor i närheten.

— Vad är det med dig? undrar hon när vi röker på en parkering framför en skola i bitande vindar.

— Ingenting, svarar jag, för det känns för pinsamt att tjata om museet och kvarterskrogen.

Jag är fortfarande på dystert humör, när jag sätter mig bland ett tjugotal elever på undervisningen i svenska som leds av en göteborgare som bor i Västtyskland sedan ett tjugotal år tillbaka. Hon inleder lektionen genom att ställa sig provokativt framför mig med armarna i kors och stirra på mitt blonda, halvlånga hår och blåa ögon.

4

– Du är svensk, eller hur? säger hon på svenska.

– Jag är från Altona, svarar jag på tyska.

– Här har vi en lustigkurre! utropar hon.

– Han är min pojkvän, säger Berit. Han är från Sverige och jobbar som journalist.

Berit är stolt över sitt svenska ursprung. Hennes farfar flyttade som ung från Halmstad till Hamburg i början av 1900-talet för att jobba som hantverkare. Han bildade familj och blev kvar i staden. Släkten har behållit efternamnet Andersson och har gett barnen svenska förnamn. De bor fortfarande i samma hus som han byggde i stadsdelen Altona.

Lärarens patriotism stör mig. Som många andra svenskar utomlands har hon blivit ännu mer svensk. Jag försöker provocera henne genom att påpeka att hon lär ut ord och fraser som knappast används längre i Sverige, men hon ignorerar det. Hon tycks sitta fast i den gamla rollen som lärare som anser sig veta allt om sitt ämne.

– Ordet städerska används knappast i dag, de flesta säger bara städare för båda könen, påpekar jag.

– Nu får det vara nog! utropar hon med en irriterad ton och pekar mot dörren medan några elever ler roat. Det vore lämpligt att du väntar utanför.

– Jag ska hålla tyst, säger jag.

Hon ger alla elever varsin lapp med ett namn på någon elev medan hon förklarar att de i tur och ordning ska beskriva elevens utseende på svenska. Det känns pinsamt, inte för att det är en enkel uppgift utan för att några elever är tjocka.

En ung man harklar sig när han trevande försöker beskriva hur Berit ser ut.

– Brunt, kort hår och blåa ögon ...

Och hon har världens kvinnligaste kropp, tänker jag.

– Hon har stora bröst, säger han.

– Nästa! utropar läraren.

5

Efter lektionen besöker Berit och jag Svenska kyrkan. Hon njuter av att höra varje svensk mening som prästen yttrar om guds godhet trots att hon är ateist. Efter predikan har de ett långt samtal på svenska, medan jag går otåligt av och an framför altaren, så att hon ska förstå att jag har det långtråkigt.

Hemma bjuder Berit på öl till kryddig currykorv med surkål och till sist frågar hon:

— Är allt som det ska med dig?

— Ja, absolut, svarar jag.

Hon kramar om mig medan jag skäms för att jag har betett mig som en trotsig tonåring, som för en gång skull inte har fått sin vilja fram.

— Här har jag en liten överraskning för dig! säger jag och ger henne ett litet paket.

Hon ler när hon ser att det innehåller ett halsband med ett hjärta av silver, hon trär det tigande om sin hals.

— Betyder det att vi är förlovade nu? undrar hon.

— Ja, det anser i alla fall jag.

Fokus på litteratur

Snö, is och kyliga vindar dämpar livet i Hamburg sedan några dygn. På morgonen är det minusgrader och under natten har Berits bil åter täckts med is och snö. Hon värmer låset med en cigarettändare och lirkar sedan med nyckeln tills hon får upp det och kan köra till jobbet.

– Förbannade vinter! skriker jag och bankar ilsket på en igenfrusen cigarettautomat som vägrar ge mig ett paket cigaretter som jag har betalat för.

Jag skyndar till en tobaksbutik i närheten och håller nästan på att springa omkull en medelålders kvinna som på bruten tyska ber om pengar. Jag har vant mig vid att det finns nödställda människor överallt på gatorna. Jag ger ibland en slant till de som påstår att de har hungriga barn, men jag blir upprörd när en och annan tiggare skyltar med att de skadades som soldat, när de ser för unga ut för att ha deltagit i det andra världskriget.

Jag ger kvinnan några mynt för att stilla mitt dåliga samvete och stiger in i butiken, där en ständigt ilsken försäljare som vanligt ondgör sig över ökat antal tiggare och invandrare och över den tyska Röda armé-fraktionen som förra året genomförde tre attentat som kostade fyra människor livet.

– Sverige är ett fint land, jag skulle direkt flytta dit om jag kunde, säger han.

– Vi har höga skatter och matpriser jämfört med Västtyskland, förklarar jag för att dämpa mannens beundran över mitt hemland som är vanlig bland tyskar.

– Men ni har inga terrorister!

Jag anser att många tyskars felaktiga bild av Sverige som en idyll beror främst på Astrid Lindgrens barnböcker som beskriver ett land och en tid som aldrig har funnits. Hon presenterar på ett övertygande sätt en konstgjord värld som många uppenbarligen tror på eller drömmer om. Det kan vara orsaken till att hennes sagor är populära i Västtyskland.

Huttrande återvänder jag till Berits lägenhet. Med en mugg kaffe slår jag mig ner i soffan för att läsa men det går trögt, för klassisk tysk skönlitteratur är plågsamt tråkig. Jag studerar tills Berit återvänder hem vid sextiden.

Vi äter kalkon till fruktigt vin och Berit vilar sig en stund i min famn, för hon känner sig trött och febrig. Hon pratar sällan om sitt jobb. Jag vet att hon vantrivs som kontorist på ett stort bolag någonstans i hamnen, för uppgifterna är enahanda och det är dåligt betalt, så hon hoppas hitta en bättre arbetsplats.

Berit sätter på teven, vi tittar på en Draculafilm från 1931, jag från soffan och hon framför strykbrädan medan hon pressar några jeans. Hon gillar också att se skräckfilmer. I helgen fick vi behagliga rysningar på en biograf som visade Die Fliege, där en forskare av misstag förvandlades till en jättelik, otäck fluga.

Sedan hjälper Berit mig att sammanfatta Schloss Gripsholm, Steppenwolf och Aus dem Leben eines Taugenichts, som är de sista av tolv böcker som jag ska redovisa på tyska institutionen för att avsluta kurserna i litteratur. Jag berättar om handlingen och hon skriver. Jag ska sedan förenkla sammanfattningarna, så att lektorerna inte misstänker att jag har fått hjälp att göra dem.

Vi avbryts av att dörrklockan ringer. Berit frågar via porttelefon vem det är och en kvinna svarar på bruten tyska att

8

hon är en ensamstående, fattig mor som behöver pengar till medicin för sina sjuka barn. Berit förklarar att hon inte kan hjälpa kvinnan. Hon använder ett tonfall som låter så hårt att jag rycker förvånat till, för det passar inte hennes vänliga uppenbarelse.

Hon återvänder till soffan bredvid mig och säger med en befallande ton:

– Öppna inte dörren för den kvinnan, när jag är på jobbet, hon går omkring och tigger och stjäl här.

– Den kvinnan påstår att hennes fem barn är hungriga, säger jag.

– Hon har inga barn, hon är bara förvirrad och kan bli aggressiv.

Sent på kvällen ringer jag till min mamma och får veta att redaktionssekreteraren på Bohusläningen har sökt mig angående jobb och att en hög med post väntar på mig. Hon berättar att det är ovanlig kallt och att det snöar kraftigt i Borås.

– Jag tror att Berit är gravid, säger jag.

– Det är på tiden! utbrister hon. Du är ju trettiotvå år.

Vintrig hemresa

Jag slumrar av utmattning medan tåget dundrar genom ett vintrigt landskap i Halland. Sträng kyla har försenat resan från Hamburg till Göteborg. Två korpulenta femtioåringar höll mig vaken sent på natten i sovkupén. De osade gammal svett och stank alkohol och gnällde högljutt över att prostituerade har blivit dyrare på Reeperbahn.

Jag är pank men nöjd med mitt besök i Västtyskland. Mina tjugotre dagar i Hamburg har bara kostat mig omkring tre tusen kronor och jag har fått mycket för pengarna tack vare min flickvän Berit. Hon har försörjt mig och agerat som min lärare. Jag har studerat samtliga böcker, vilka jag ska redovisa på kursen i litteratur på tyska institutionen.

På förmiddagen sätter sig en sprudlande glad tjugoåttaårig kvinna vid namn Maud bredvid mig. Hon börjar spontant att prata om sig själv som om jag vore en gammal vän.

– Jag och mitt ansikte har varit i Hamburg för att umgås med en otroligt snygg, ung man och nu ska jag till Hisingen för att hjälpa min gamla mamma att städa hennes lägenhet, säger hon.

Maud pratar om sitt perfekt sminkade ansikte som om det vore en annan person. Det ser ut att vara konstgjort med en liten uppnäsa, stora, blåa ögon och fylliga läppar som ramas in med ett lockigt blont hår med en röd rosett. Hon är klädd i en yvigt blommig klänning som döljer en knubbigt liten kropp.

De två feta, stinkande männen från sovkupén får syn på Maud när de stiger in i vagnen:

– Ett så gulligt ansikte är värt den bästa hudkräm som finns. Jag skänker dig det gratis, säger den ena mannen.

– Det tror jag inte alls på! svarar Maud.

– Jo, du får så mycket du behöver, jag har nämligen gott om sperma för dina rosiga kinder.

De försvinner skrattande mot restaurangen medan Maud snyftar i min famn.

– Varför skällde du inte ut den äckliga gubben? frågar hon anklagande.

– Det är meningslöst, han är den typ som tigger om att bli kränkt eller slagen inför vittnen, så att han kan fixa en stämning, säger jag.

Under tågresan berättar Maud att hon jobbar som sjuksköterska i Malmö och bor i en risig skånelänga som ligger på den vindpinade Söderslätt utanför Trelleborg. Hon köpte huset för fyra år sedan för att få en nystart i livet efter en skilsmässa. Sedan dess håller hon på att renovera det.

Vi skiljs med kramar på Göteborgs centralstation och lovar att hålla kontakt och besöka varandra. Hon tar spårvagnen till stadsdelen Hisingen och jag kliver på bussen som ska köra till Borås i snöyran. När den anländer en halvtimme försenad till staden applåderar passagerarna för chaufförens prestation.

Jag stiger ut i den stränga kylan som tycks förlama Borås trots att invånarna är vana vid minusgrader. Förra året var vintern också ovanligt kall och snörik. Medan jag undrar hur jag ska ta mig hem stannar en taxi framför mig, chauffören öppnar dörren och frågar:

– Åt vilket håll ska du?

– Jag har inte råd med taxi, svarar jag.

– De andra betalar.

– Jag bor vid stadsbiblioteket, säger jag och tränger in mig vid två passagerare i baksätet.

– Vi släpper av dig i närheten, säger en av dem. I det här nödläget hjälper vi varandra.

Hemma hos min mamma väntar inga överraskningar. Det förvånar mig, eftersom hon gillar förändringar och infall som ibland skapar konflikter, ofta med kolleger. Hon arbetar som värdinna och tolk på sjukhuset, för hon talar flytande ryska och finska som är två vanliga språk i Borås på grund av flyktingar under andra världskriget och textilindustrins skriande behov av utländsk arbetskraft under femtiotalet.

I mitt rum ligger en trave med brev, räkningar, tidskrifter och ett meddelande från redaktionssekreteraren Leif som undrar om jag vill hoppa in då och då som redigerare på Bohusläningen. Under högen ligger en refuserad roman, Dödskallens berättelse. Jag konstaterar att förlaget inte ens har öppnat boken. Några små, diskret placerade bokmärken avslöjar det.

Till sist vågar jag öppna ett kuvert från tidskriften Arbetsmiljö. Jag jublar av lättnad när jag ser att det innehåller en utbetalning på två tusen sexhundra kronor i honorar för ett reportage om övertaliga arbetare på Göteborgsvarven. Min mamma rusar in i mitt rum, jag ger henne beskedet och hon bekräftar att jag har uppfattat det rätt.

– Det var väl bra, säger hon och klappar mig på hjässan.

Jag hastar till posten och tar ut honoraret i hundralappar och sätter mig i ett konditori för att njuta en stund av att ha på mig en tjock plånbok, innan det är dags att betala räkningar och skulder.

Olika världar

Mamma håller på att duka fram sina finaste tallrikar och koppar i vardagsrummet, när jag kommer hem efter ett besök på stadsbiblioteket.

– Varför dukar du upp så fint? frågar jag.

– Jag har fyllt femtiofyra år, påpekar hon.

Typiskt att jag jämt ska glömma födelsedagar! Det är pinsamt! tänker jag besviken på mig själv.

Jag har inga problem att komma ihåg hundratals stenografiska tecken eller långa stycken klassisk musik att spela på gitarr, men födelsedagar, namn och telefonnummer glömmer jag hur lätt som helst.

Min halvbror Johan och hans sambo Maria anländer med en jättestor bukett rosor och han säger:

– Jonas kunde inte komma, han har rest till Mallorca, men blommorna är från honom också.

Inte heller min bror Lars kan fira mammas födelsedag. Han meddelade per telefon att hans bil vägrar att starta i den stränga kylan som plågar Borås sedan några dagar tillbaka.

Johan har med sig sin maine coon som han kallar Oskar, samma namn som han vill ge sin första son som ingår i hans detaljerade planer för framtiden. Katten börjar genast bråka med min Måns, en tolv år gammal, brandgul blandras, som fräsande försöker hålla avstånd under en säng.

Vi sätter oss i vardagsrummet för att prata om ingenting, eftersom vi numera inte har något mer gemensamt än mamma. Han för ett tryggt borgerligt liv med sambon. De hyr en stor lägenhet i centrum, de äger en lyxig bil, en stor motorbåt och de har jobb. Hon är administratör och han driver ett företag.

De planerar bröllop och barn och drömmer om en villa med utsikt över en sjö utanför Borås. Mitt liv som studerande och vikarierande journalist är däremot otryggt och ekonomiskt fattigt. Jag måste ofta räkna vartenda öre och i nödfall be mamma om pengar.

Johan och hans yngre bror Jonas dyrkar sin pappa som jag avskyr. De har fått ta över hans persiennfirma och hjälper honom att göra svarta affärer med konst och antika möbler som de köper på sina resor i Europa.

En gång betonade Johan för mig att det måste bli slut på hatet. Jag förklarade att jag inte längre ödslar energi på att hata hans pappa för att han misshandlade mamma och bedrog henne under deras sex års kaotiska äktenskap, men det stör honom att jag fortsätter att hävda att hans pappa är psykopat och att han har köpt deras lojalitet.

När mamma opererades för en knöl i ena bröstet tömde han och hans gravida, sextonåriga älskarinna bostaden på allt värde. Jag har förklarat för Johan och Jonas att jag anser att deras pappa måste be mamma om ursäkt för allt lidande och ekonomiskt ersätta henne för plundringen, innan jag ens kan överväga att förlåta honom.

Vi sätter oss mitt emot varandra i finrummet och dricker avvaktande kaffe till en hemmagjord gräddtårta.

— Din katt är nog för tuff, Måns är för gammal för att hänga med i hans tempo, säger jag.

— Vad vill du göra åt det då? undrar Johan men en aggressiv ton.

— Jag ville bara påpeka det.

— Vi måste lösa problemet, för mamma ska få Oskar. Kommer katterna inte överens måste Måns avlivas.

– Det kan jag inte tillåta.

– Då måste du ta med dig din katt.

Jag lämnar vardagsrummet. Det är meningslöst att fortsätta ett samtal som bara får mig att må dåligt, för det känns som om det är hans pappa som talar direkt till mig.

Stressigt och hafsigt

D u behöver inte läsa alla dina sammanfattningar, för jag har ont om tid, säger studierektorn Jürgen på tyska institutionen i Göteborg.

– Men jag hade gjort dem för att du krävde det och det kostade mig mycket tid, förklarar jag.

Jag redovisar muntligt den återstående litteraturen från första terminen i tyska medan Jürgen lyssnar och ställer en och annan fråga om innehållet.

– Den enda bok som jag inte förstår mig på är Nathan der Weise, den är plågsamt tråkig, erkänner jag.

– Du behöver inte redovisa boken, det räcker att du har läst den, säger han.

Han kanske misstänker att Berit har hjälp mig med uppgiften, tänker jag.

Det är Jürgen som sammanförde mig med Berit på en intensivkurs i tyska i Hamburg förra året. Han känner henne sedan tidigare. Han fungerar som en självutnämnd förmedlare mellan tyskar och svenskar och det har resulterat i några äktenskap.

Inom en halvtimme är jag klar med redovisningen och han frågar:

– Har du betalat Albrecht för häftet i språkhistoria?

– Nej, det har jag glömt, jag gör det nästa vecka, svarar jag undvikande.

Somliga lektorer förväntar sig att eleverna ska köpa de

16

dyra läromedel som de och deras kolleger har författat. Jürgen satsar däremot på att göra översättningar för företag och ge privatlektioner. Han har förklarat att han och flera kolleger måste jobba extra för att kunna försörja sig, för deras löner är alldeles för låga i förhållande till deras utbildning, ansvar och insatser.

Jag kliver in i lektor Manfreds rum som ligger i samma korridor för att redovisa litteraturen för den andra terminen. Också han har ont om tid. Han ställer pliktskyldigt några frågor och jag besvarar dem så enkelt som möjligt.

Efter en timme har jag fått godkänt i litteraturkurserna för två terminer, men det känns snopet att det gick så snabbt, för ett tusen femhundra sidor litteratur har kostat mig två veckors arbete. Jag inser att jag har satsat för mycket tid och pengar på ämnet. Det hade varit mycket enklare och billigare att studera färdiga sammanfattningar som cirkulerar bland studenterna.

Jag hinner omregistrera mig för den tredje terminen, innan en omtenta i översättning börjar. Efter skrivningen lånar jag böcker på stadsbiblioteket, besöker arbetsförmedlingen och avslutar mitt besök i Göteborg med en måltid på Köttbullebaren på Saluhallen.

På tåget till Borås drabbas jag av ångest som far genom mig som de piskande, kalla vindarna som sveper yrsnö över motorvägen. Det är besöket på arbetsförmedlingen som ger mig ångest. En arbetsförmedlare förklarade att jag hittills har jobbat för få dagar på Bohusläningen för att få stämpla. Man måste jobba minst fem månader på ett år för att få ersättning från arbetslöshetskassan. Jag inser att jag ligger ekonomiskt illa till, om jag inte beviljas studielån för nästa termin eller jobbar för få dagar.

Tåget anländer till Borås försenat som vanligt. Det missade att stanna vid Sandared och måste backa tillbaka till orten.

17

Jag tar det med ro, för jag har vant mig vid att Statens järnvägar är liktydig med krångel.

Jag stiger huttrande ut från centralstationen och måste traska i snömodd till min mammas lägenhet. Jag har inte råd att ta taxi. När jag kommer hem väntar ett brev från Berit. Hon beklagar att hon har fått mens och hoppas att jag klarar redovisningen i litteratur.

Föredetting på besök

Dörren till Bohusläningen är låst när jag anländer trots att jag i förväg har ringt redaktionen att öppna. Jag ska börja jobba på tidningen igen. Det innebär att jag med kort varsel ska ersätta ordinarie redigerare som är lediga eller sjuka. Det kommer att sinka mina studier på tyska institutionen men jag behöver pengarna.

Plötsligt dyker en lufsig man upp i en sliten keps och i en för stor kappa. Det är Sture, den förre redaktionssekreteraren. Det är han som gav mig det första vikariatet på tidningen för mer än två år sedan, när jag hade avslutat min utbildning på journalisthögskolan i Göteborg.

Vi växlar några ord med varandra medan vi huttrande och stampande väntar på att släppas in i värmen. Han har aldrig tyckt om att prata, han är butter, inåtvänd och ser betydligt äldre ut än sina fyrtiosex år.

Fortfarande skämtar journalister om hur de kunde höra på långt håll varje gång han närmade sig centralredaktionen på grund av hans haltande gång. Han kastar på ett märkligt sätt det halta benet framför sig när han går som om han låtsas sparka på en boll. Andra gör sig lustiga över att han talar skrikande för att han hör dåligt.

Sture förpestade redaktionens miljö med sitt allt sämre humör och inkompetens tills ledningen beslöt att omplacera honom till korrekturet förra året. Det var ett svårt beslut, eftersom han har jobbat på Bohusläningen sedan han som sextonåring delade ut tidningen på morgonen. Han kände sig djupt kränkt och sviken. Han sade upp sig, när han lyckades få en tjänst som lokalreporter på en liten tidning i Västergötland med hjälp av chefredaktörens goda vitsord.

Till slut anländer en reporter som har en nyckel. När Sture stiger in på redaktionen, stannar han upp och ser sig förvånat omkring i den nyligen renoverade centralredaktionen med ljusa parkettgolv, gröna tapeter, designade möbler och modern konst och nyhetschefens och reportrarnas arbetsrum har fått väggar av glas.

– Det här måste ha kostat minst en miljon! utbrister han.

Sture frågar efter sin efterträdare men han är ute på ett brådskande ärende. Även chefredaktören och redaktionschefen är frånvarande. I stället går han omkring och pratar med journalister som han en gång har anställt. Han gnäller högljutt över sina nya kolleger, för han känner sig trakasserad av redigerarna på centralredaktionen för att de förkortar och skriver om hans artiklar och nu vill han uppenbarligen komma tillbaka till Bohusläningen. Det är orsaken till att de högsta cheferna håller sig borta.

Tidningar har en outtalad regel som innebär att den journalist som säger upp sig sällan får återvända till sin forna arbetsplats. Jag har redan fått uppleva kolleger som i vredesmod har slutat för att sedan ångra sitt beslut, när deras uppblåsta självuppfattning om sin kompetens konfronterades med svårigheten att etablera sig på en annan tidning.

Smarta journalister använder en annan taktik. De gör sig så hopplösa att de tillåts testa andra tidningar som vikarier tills de får en ny anställning som de trivs med.

– Jag hade fått för mig att du skulle satsa på något annat än journalistik, säger Sture.

– Det har du missförstått, svarar jag.

– Prata högre, jag hör inte vad du säger.

– Jag sa att jag hoppades på att få fast anställning.

– Om jag hade fått veta det hade jag hade faktiskt anställt dig, säger han.

Jag missade alltså en fast anställning bara för att den där gubben hör så jävla dåligt att han missförstod mig, tänker jag ilsket, medan han hasar haltande ut i kylan för att aldrig mer återvända till Bohusläningen.

En dag i februari

Exakt kvart i fem stiger jag in hos studierektorn Jürgen på tyska institutionen i Göteborg för att läsa en text för honom. Jag har fått femton minuter på mig att göra om ett prov i tyskt uttal. Han är missnöjd för att jag uttalar långa vokaler kort. Detta är mitt tredje försök att få godkänt i ämnet konversation och det handlar om tre dyrbara poäng.

– Du har fortfarande för korta vokaler, påpekar han.

– Jag är faktiskt lika dålig på att uttala vissa svenska ord, säger jag urskuldande.

– Säg Haar.

– Haaar, säger jag.

– Så ska det låta, du ska vila på den långa vokalen. Säg gut!

– Guuut.

Så håller vi på ett tag, sedan undrar jag:

– Kan du godkänna mig? Det spelar ingen roll om du ger mig ett godkänt med frågetecken, bara jag godkänns.

– Javisst, säger han och därmed är provet klart.

Nu återstår det att skicka handlingarna till centrala studiestödsnämnden. I min väska har jag redan två underskrifter för tjugo poäng som motsvarar en termin. Jag har i förväg utgått från att jag ska klara provet i tyskt uttal.

Jürgen går till sekretariatet för att registrera att han har godkänt mig i ämnet och jag lämnar skyndsamt tyska institutionen för att posta min ansökan om studielån för vårterminen. När jag är på väg till posten vid Avenyn träffar jag

22

Thorbjörn, en före detta kamrat från journalisthögskolan i Göteborg.

– Jag är arbetslös, säger Thorbjörn.

– Då har du kanske tid att prata bort en stund, säger jag.

Vi kliver in på ett kafé vid Avenyn medan jag i all hast berättar att jag studerar på tyska institutionen för att så småningom kunna jobba som frilans för tyska tidningar som vill ha reportage om Sverige. Jag förklarar att det är ett bättre alternativ än att gå arbetslös eller att irra omkring i Sverige på korta vikariat.

Endast några av mina kamrater från journalisthögskolan har fått en fast anställning på tidningar. De flesta stämplar, studerar eller vikarierar på någon redaktion.

– Problemet är att tidningarna ofta väljer självutnämnda begåvningar än utbildade journalister, eftersom många chefer har själva gått den långa vägen, förklarar jag. De anser att det inte behövs någon journalistutbildning.

– Om jag hade vetat det i förväg hade jag fortsatt att studera på Chalmers, det var bortkastad tid att gå på journalisthögskolan, konstaterar Thorbjörn.

– Nej, man har alltid nytta av det man lär sig på journalisthögskolan, den ger en allsidig utbildning i yrket och ger sådana som jag en chans att få in en fot på en tidning, säger jag men innerst inne håller jag med honom.

Jag tvivlar ofta på om jag har valt rätt utbildning, för det känns meningslöst att först ha kämpat för att få de högsta betygen på komvux för att komma in på journalisthögskolan och efter examen konkurreras ut av självlärda journalister som ofta etablerar sig i branschen med hjälp av rätta kontakter.

Vi sätter oss vid ett fönster med utsikt över den slaskiga Avenyn där fotgängare hukar sig i fuktigt kyliga vindar. För fjorton år sedan satt jag vid samma bord med Benny som blev min bästa kompis, när vi gjorde militärtjänstgöring som

23

malajer i Göteborg. Han hade tilldelats sängen under mig på logementet. Vi var optimistiska om vår framtid och vi njöt av att titta på unga kvinnor som flanerade förbi.

Numera är mitt liv en ständig kamp medan Benny har funnit sin mening med tillvaron. Han sålde sin bostadsrätt i Göteborg och köpte en bar i Manilla och gifte sig med en filippinsk kvinna. Han ler lyckligt på de bilder som han har postat till mig och han försöker övertala mig att jobba och bo hos honom.

Thorbjörn tänder ännu en cigarett och ger mig en desperat blick och säger:

– Jag vet faktiskt inte vad jag ska ta mig till.

– Det är inga problem att få korta vikariat, om du vill hoppa in som redigerare på någon lokaltidning, förklarar jag.

– Jag kan inte det, jag har en familj.

Thorbjörn gifte sig och blev pappa under sin tid på journalisthögskolan och det begränsar hans möjligheter avsevärt. De flesta måste vara beredda på att flytta till jobben, ta vikariat efter vikariat tills de får en fast anställning eller ger upp och satsar på ett annat yrke. Tre före detta klasskamrater har redan valt en säkrare väg till fast anställning, de studerar till läkare, polis och lärare.

Han har bara jobbat två månader på en lokaltidning i Varberg i somras. Därefter deltog han i en kurs i redigering i några veckor för att öka sina möjligheter att få ett vikariat på någon tidning i Göteborg.

– Gör några uppdrag som frilans, det har räddat mig flera gånger, föreslår jag.

– Jag har inga idéer, konstaterar han uppgivet.

För närvarande har han viktigare saker att uträtta än att söka jobb. Han är inblandad i en tvist om ett arv. Han berättar att han har hamnat i konflikt med några släktingar. De håller på att roffa åt sig arvet som han anser sig ha rätt till och de hindrar honom att kolla kvarlämnade prylar.

— Det är inte pengar jag är ute efter, utan saker som gått i arv i min släkt i flera generationer, förklarar han. De får inte hamna i främmande händer.

Jag inser att Thorbjörn är på väg att ge upp yrket. Han har ingen vilja kvar att etablera sig som journalist.

Blåögd lokalreporter

H on skriver töntigt som amatör, det finns ingen journa-
listisk kunskap hos henne, tänker jag när jag redigerar
en artikel av Lotta som nyligen har anställts som Bo-
husläningens lokalreporter i Mellerud.

Hon fick tjänsten i stället för mig trots att hon endast har
studerat på gymnasiet och suttit i kassan på en närbutik i
några somrar. Det kändes förnedrande att tidningen värderar
min utbildning och erfarenhet så lågt att jag nu måste redige-
ra hennes urusla texter. Hon gör det ena misstaget efter den
andra och ingen chef yttrar sig om detta. Det får mig att undra
om de över huvud taget läser de lokala nyheterna.

Jag påtalade redaktionssekreteraren om det märkliga va-
let av lokalreporter. Han förklarade att hon har högre social
kompetens än jag. Men genom kolleger fick jag veta att den
manliga platschefen hellre vill jobba med en ung kvinna än
med mig. Senare sade nyhetschefen att han var glad över att
ha kvar mig på centralredaktionen, eftersom han anser att jag
gör mest nytta som redigerare.

En liknande, bitter erfarenhet fick jag på Alingsås Tidning.
Redaktionschefen lovade mig ett vikariat som reporter i tre
månader på sommaren, när jag hade gjord min praktik på två
veckor på tidningen. Glad i hågen anlände jag till mitt första
vikariat som journalist för att få beskedet att han hade ändrat
sig. En tjugoårig blondin hade fått vikariatet. Hennes meriter
var pyssel med en skoltidning på gymnasiet och släkt med en

anställd på redaktionen. I stället erbjöds jag att jobba som korrekturläsare. Jag godtog det för att slippa vara arbetslös tills jag skulle återvända till journalisthögskolan.

Jag hamnade nästan genast i gräl med en gammal sportreporter som med tjocka pekfingrar knackade ner lokalsport på sin slitna skrivmaskin på exakt samma plats sedan ett tjugotal år tillbaka. Han satt mot en grå vägg med ryggen vänd mot de andra reportrarna som om de inte existerade. Det verkade som om han levde i sin egen värld som var fylld med slitna klyschor. Jag påpekade försynt att han borde vara återhållsam med förstärkande ord, för läsarna är inga idioter.

Lottas artikel gör mig däremot förtvivlad, jag vet inte hur jag ska redigera texten så att den blir saklig. Den handlar om en åldrad uppfinnare som lever ensam någonstans på den dalsländska landsbygden. Hon skriver entusiastiskt att han har konstruerat en maskin som skapar energi av sig själv i eviga tider och nu ska han söka patent för den. Han påstår att den kan försörja en villa på el helt gratis.

På journalisthögskolan fick jag lära mig att alltid ifrågasätta uppfinnare genom att syna deras avsikter och deras sponsorer. Det förutsätter också att journalisten måste tänka kreativt och kunna dra konkreta slutsatser ur ett komplext sammanhang med hjälp av olika källor.

Jag framför min kritik till nattchefen Daniel, en sjukligt mager fyrtioåring med en flackande blick. Han läser grubblande artikeln medan han som vanligt biter på naglarna.

– Lotta skriver som om hon tror på uppfinnaren. Det kanske beror på att han har charmat henne eller så är de kompisar, påpekar jag.

– Vi kan inte publicera artikeln, den skadar tidningens trovärdighet, konstaterar Daniel och kastar den i en papperskorg.

Jag blir alldeles förbluffad av att han tar mina invändningar på allvar, för jag befarade att han skulle påstå att jag kritiserar Lottas artikel för att hon har fått tjänsten.

Lotta har kanske nobbat honom på någon fest? tänker jag, för jag har fått höra av kolleger att han är svag för unga blondiner med fylliga bröst.

— Det måste vara möjligt att skriva om texten, för jag har ingen annat att fylla utrymmet på sidan.

— Du får lägga in en pluggannons i stället.

På Aktuell Rapport

Chefredaktören för tidskriften Aktuell Rapport och jag sitter i hans lyxigt designade rum i Stockholms centrum och pratar om en tjänst som reporter. Det är en typisk herrtidning, som innehåller många bilder på nakna, unga kvinnor som varvas med reportage om sex, bilar och brott.

Jag har svårt att förstå vad chefredaktören säger, för han pratar med en blandning mellan svenska och danska.

– En gång i tiden jobbade jag som trollkarl på en nattklubb i Borås. Jag fick då den där knallen som belöning, säger han och pekar mot figuren som står på hans exklusiva skrivbord.

– Den kringvandrande försäljaren är en av Borås mest kända symboler, knallen står som staty i centrum, förklarar jag.

– Den betyder mycket för mig, jag har haft den med mig under hela min krokiga karriär.

Han betonar att tjänsten först och främst innebär att bearbeta tyska reportage till svenska. Det har jag inget emot, om det innebär en fast anställning med en hyfsad lön. Jag är så utled på min osäkra tillvaro att jag nu till och med är beredd att jobba på en tidning som de flesta journalister betraktar med förakt och avsmak. Men jag tror att den är ett bättre alternativ än att vara en dåligt betald vikarie på Bohusläningen.

Som tonåring läste jag herrtidningar och en av dem, Lektyr, publicerade min berättelse om en fet gädda som min bror fångade av misstag i Ramnasjön i Borås. Jag fick inte betalt men det var en stor upplevelse för mig att läsa min text i en tidning. Jag var sexton år gammal och det var min debut som skribent.

Jag är mer eller mindre övertygad om att jag ska få tjänsten, när en mager man i kostym och slips stiger in i rummet. Han sätter sig framför mig och glor med en provocerande uppsyn på mig medan han rullar den ena ändan av sin mustasch mellan pekfingret och tummen.

Chefredaktören presenterar mannen som Aktuell Rapports ansvarige utgivare och den som bestämmer allt på redaktionen.

– Är du ute efter brudar? frågar han.

Jag överraskas av den barnsliga frågan, eftersom jag förväntar mig att han vill veta mer om min kompetens.

– Jag har redan sällskap och hon räcker för mig, svarar jag.

– Blir du kåt av porr?

– Jag gillar porr, ljuger jag för att öka mina chanser.

– Varför vill du jobba här?

– Jag tror att jag kan göra en bra insats.

– Har du läst tidningen?

– Jag har bara hunnit bläddra i den, svarar jag, för jag befarar att han annars ska förhöra mig om innehållet.

Han fortsätter att ställa den ena märkliga frågan efter den andra och jag känner mig allt mer irriterad medan chefredaktören lutar sig bekvämt bakåt i kontorsstolen med fötterna på skrivbordet och betraktar mig med ett roat leende.

Situationen påminner mig om den tuffa utfrågning som jag råkade ut för på ett teknikmagasin i en annan del av Stockholm, där jag för ett år sedan sökte en tjänst som reporter. Jag trodde att jag skulle ha en chans, eftersom jag kunde komplettera min journalistiska erfarenhet och utbildning med sex års anställning som finmekaniker på Cityvarvet.

Fyra journalister satte sig runt om mig och frågade ut mig i en allt aggressivare ton och jag svarade så gott jag kunde och till slut skrek en av dem: Fick du sparken från varvet, eller? Och därmed avslutades utfrågningen och jag återvände något slokörat till Bohusläningen. Det fanns något hos mig som störde dem, för de ville till varje pris hitta en anledning till att avfärda mig.

Plötsligt reser den magre mannen sig upp, kastar nonchalant en tidning i mitt knä och säger:

– Jag vill att du gör en test, först läser du tidningen så du vet vad det handlar om, sedan skriver du en fejkad text om kåta kvinnor.

– Jag skulle vilja ha betalat för det, säger jag.

– Nej, vi betalar inte för tester.

– Jag ställer inte upp på det.

– Då är jag klar med dig!

Han rusar ut medan chefredaktörens skrattar så kraftigt att han med benet stöter till den lilla Boråsknallen så att den faller till golvet och går i bitar.

– Ursäkta mig, säger han och böjer sig ner under skrivbordet och hittar en del av figuren.

– Har huvudet hamnat på din sida? frågar han

– Jag hörde att den försvann under en av hyllorna bakom mig, svarar jag.

När jag ska stänga dörren efter mig ser jag i ögonvrån chefredaktören ligga raklång på golvet för att kunna kolla de trånga utrymmena under hyllorna. I rummet bredvid sitter den ansvarige utgivaren och ansar sin mustasch, jag knackar på dörrkarmen och säger sarkastiskt:

– Jag tror att chefredaktören behöver din hjälp, han har nämligen tappat huvudet.

31

Politiker mördades

J ag vaknar redan vid åttatiden på morgonen för att mamma dammsuger framför min dörr trots att jag har påpekat att jag behöver sova ut efter att ha jobbat fyra dagar i sträck på Bohusläningen. Jag slår mig gäspig ned vid köksbordet med Borås Tidning medan hon kokar två ägg för mig.

När jag viker upp tidningen chockas jag. Statsminister Olof Palme är död! Så lyder rubriken på den första sidan. Jag tror först att jag fortfarande drömmer för att i nästa ögonblick acceptera att det är ett faktum. Han sköts till döds när han lämnade en biograf i Stockholm klockan 23.20 fredagen den 28 februari.

– Olof Palme finns inte längre hos oss, säger mamma lågmält och häller upp en kopp kaffe för mig.

Hon har alltid röstat på socialdemokraterna, för hon är övertygad om att Sveriges välfärd är partiets förtjänst.

– Det är säkert någon miljonär som har dödat honom, de hatade honom, säger hon.

– Palme hade många fiender, mumlar jag.

Jag känner mig både förbannad och förtvivlad. Det är ungefär samma uppprivande känsla som jag upplevde när min idol John Lennon mördades på en gata i New York 1980. Det är kränkande att någon har tagit sig friheten att påverka en del av mina framtida tankar som de stora personligheterna skulle ha givit upphov hos mig.

Jag har personliga minnen av Olof Palme från min tid som

socialdemokrat. Jag har sett honom debattera mot centerpartiets förre ledaren Thorbjörn Fälldin på Scandinavium 1976 och ett år senare lyssnat på hans första majtal på Avenyn och jag har pratat med honom när han två gånger besökte min dåvarande arbetsplats reparationsverkstaden på Cityvarvet.

På den tiden ansåg jag att arbetarna hade tur som hade en sådan skicklig politiker på sin sida. Det ingav mig hopp när han i en debatt erkände sig vara socialist och pratade om demokratisk socialism som vägen till ett rättvisare samhälle och löntagarfonder som ett steg mot det målet. Men det skrämde högerkrafterna och näringslivet som hävdade att socialdemokraterna ville införa diktatur trots att syftet endast var att utöka samhällets demokrati genom att ge anställda mer inflytande över sina arbetsplatser.

Efter frukosten inser jag att Olof Palmes död kan innebära ekonomiska konsekvenser för mig. Min åsiktsartikel som Aftonbladet har beställt kommer antagligen inte att publiceras, för den innehåller kritik mot socialdemokraterna. Jag förstår att det är opassande strax efter partiledarens död. Dessutom kommer mordet att dominera nyheterna under en lång tid framåt.

Min artikel handlar om att arbetarnas fackklubb som kontrollerades av socialdemokrater skrev under ett avtal år 1979 som satte lagen om anställningsskydd ur spel, så att ledningen fritt kunde välja vilken personal som Cityvarvet och Arendals varv skulle behålla. Det innebar att ledningen passade på att rensa ut skadade, sjuka, alkoholiserade och gamla arbetare, förmän och tjänstemän.

Jag förväntade mig att Olof Palme skulle opponera sig mot det precis som han gjorde mot USA:s krig i Vietnam och mot Spaniens diktator Francisco Francos brutala regim, men han teg och jag valde då att lämna partiet.

Jag ringer till Aftonbladet för att rädda mitt honorar.

– Ska ni publicera min text Projekt 80 – en skam för arbe-
tarpartiet som ni har beställt? frågar jag.

– Jag känner inte till att vi har beställt något av dig, svarar
en redaktör.

– Kolla det med din kollega, säger jag. Han lovade mig åtta
hundra kronor i honorar.

– Okej, jag fixar det, men vi publicerar inte texten.

Bild på mördare

En lektor håller på att diskutera romanen Effi Briest av Theodor Fontane med elever på tyska institutionen i Göteborg, när studierektor Jürgen stiger in och säger:

– Nu ska vi hålla en tyst minut för Olof Palme.

– Jag tycker att vi ska vänta tills regeringen utlyser en sådan ceremoni, föreslår jag.

– Jag vet att det är svårt för dig att hålla tyst en minut, men jag anser att vi ska göra det.

– Det måste vara frivilligt, säger jag.

– Låt oss rösta om det!

Alla räcker upp handen utom jag för en tyst minut för den socialdemokratiska politikern som splittrade svenskarna i två läger, den ena med beundran och respekt, den andra med fruktan och hat, tills han sköts ihjäl strax efter ett besök på en biograf i Stockholm på kvällen.

Jag har även träffat socialdemokrater som var besvikna på Olof Palme. En partimedlem förklarade för mig nyligen att luften känns lättare att andas nu när den store pratmakaren är borta och han hoppas att den nye statsministern Ingvar Carlsson ska agera i stället för att vilseleda samhällets svaga grupper med fagra tal om jämlikhet, frihet och rättvisa.

Efter lektionen klappar Jürgen mig på axeln, jag vänder mig om och möter en allvarlig uppsyn.

– Är du en Palmehatare? frågar han.

– Nej, inte alls, svarar jag. Jag kommer att sakna Palmes

kvicka repliker och provocerande leenden, men det känns fel att andra ska bestämma när jag ska visa min sorg.

– Men mordet har ju skapat ett tillstånd av en djup förstämning hela landet och det svenska folket sörjer uppriktigt Palme, förklarar han indignerat.

– Jag gillar inte den kollektiva sorg som Palmes bortgång har gett upphov till. Den påminner om diktaturstater.

På väg till stadsbiblioteket träffar jag Tommy, en före detta kollega på Bohusläningen. Han berättar att han sade upp sin fasta anställning för att han blev sjuk av att vistas i Uddevalla som han anser är en själsdödande håla. Han försörjer sig hellre som frilansare tills han ska påbörja ett vikariat som reporter på Göteborgs-Tidningen. Jag skulle hoppa av lycka om jag fick den chansen. Jag får nöja mig med ett vagt löfte om ett vikariat på Bohusläningen den här sommaren också. Jag har hittills varvat vikariat med studier och sålt ett och annat reportage efter examen på journalisthögskolan.

– Aftonbladet har publicerat en fantombild på mördaren. Har du sett den? frågar han.

– Det har jag missat, svarar jag.

Han ger mig tidningen och jag vacklar förfärat till när jag ser bilden.

– Han påminner faktiskt om en svetsare som jobbade på Cityvarvet, säger jag

– Jag tycker att han liknar vaktmästaren där jag bor, säger Tommy skrattande.

Jag sätter mig i stadsbibliotekets kafeteria och betraktar fantombilden. Mannen har ett svart, kort hår, mörka ögon, ett magert ansikte med en lång, smal näsa och tunna läppar. Det är just så svetsaren ser ut som hatade Olof Palme så intensivt att han upprepande gånger lovade att han skulle skjuta honom. Jag själv fick höra hotet några gånger. Han fixerade all sin bitterhet över socialdemokratin på den politikern.

36

Han fick en serverad start, när han anlände till Göteborg på sextiotalet. Varven hade en så akut brist på yrkesarbetare som ville svetsa i en tuff miljö, att de hämtades med buss från Europa. Han var med den första gruppen som möttes av reportrar, fotografer och av höga chefer. Tidningar publicerade artiklar om händelsen och han sade att han älskade Sverige.

Han kompletterade sina kunskaper i svetsning på Cityvarvets industriskola, han fick ett förmånligt startlån av bolaget och erbjöds en hyreslägenhet i förorten Lövgärdet i stadsdelen Angered. Två år senare förlovade han sig med en jugoslavisk kvinna som väntade deras första barn.

Eländet började när han skadade ryggen i ett fall från en byggställning i början av sjuttiotalet. Han var ofta sjukskriven för svåra smärtor. Några år senare befann sig skeppsindustrin i djup ekonomisk kris och till slut kom fackföreningarna och arbetsgivaren överens om att rensa bort gamla, skadade och sjuka arbetare på Cityvarvet och Arendals varv.

År 1982 var han arbetslös och skild och bodde ensam i förorten. Jag såg honom varje gång när jag gick genom gallerian Femman i Nordstan. Han stod där och stirrade uttryckslöst på människor som kom och gick som om han väntade på någon som aldrig dök upp. Jag vinkade några gånger till honom men han reagerade inte på det.

Det är bäst att jag varnar honom om bilden, så att han inte råkar illa ut, tänker jag.

Jag skyndar mig nedför Avenyn och kliver in i Femman men mannen syns inte till. Jag frågar en frälsningssoldat som ofta står där och skramlar med en insamlingsbössa, men han har inte sett honom på några veckor.

— Ge honom den här tidningen ifall han visar sig igen.

— Det är ju jugoslaven! utropar han.

— Nej, det är bara en bild som liknar honom och därför är det bäst att han håller sig undan tills vidare, säger jag.

Festligt som seriefigur

Arrangörer delar ut lappar med namn på seriefigurer till lärare och elever från tyska institutionen på en fest på Humanisthuset. På min lapp står det Kalle Anka och det innebär att jag ska leta upp min partner Kajsa. På så sätt försöker arrangörerna hindra gästerna att sätta sig vid samma bord som sina bästa kompisar.

Jag ser mig omkring, ett femtiotal elever har kommit och hälften är kvinnor. Jag går fram till Helena, en ung kvinna med ett långt, blont hår, blåa ögon och en smärt figur i en vit klänning och i vita skor. Hon är orsaken till att jag deltar i festen.

— Vet du vem som är Kajsa? frågar jag.

— Det är ju jag! utropar hon och skrattar.

— Vilken tur att det blev du! säger jag spontant.

— Ja, det ska bli kul!

Jag är glatt överraskad, för jag är förtjust i Helena sedan jag för första gången träffade henne på tyska institutionen men jag vill dölja mina känslor så länge hon inte ger mig en vink om att hon är intresserad av att fördjupa vårt kamratskap. Nu hoppas jag att festen ska ge mig en möjlighet att få personlig kontakt med henne. Jag fascineras av att hon verkar vara totalt närvarande i nuet som om varje ögonblick vore värdefullt.

— Jag blir glad när jag träffar dig, för du ser alltid så strålande lycklig ut, säger jag.

– Ibland kan skenet bedra, säger hon.

Jag antar att hon avser sin sjukdom, hon lider av psoriasis som periodvis plågar henne med utslag på armarna. Jag struntar i det, för mig är hon ändå en av de ljuvligaste kvinnor som jag har mött.

Vi sätter oss vid ett avlångt bord på en plats där det står Ankeborg på en lapp och börjar ivrigt prata om varandra för att upptäcka att vi har en hel del gemensamt. Helena berättar att hon döptes i Caroli kyrka i Borås precis som jag, men hon växte upp i Alingsås. Vi båda är förtjusta i den lilla stadens charmigt gamla träbebyggelse med mysiga kaféer och småbutiker och i dess närhet till skog och sjöar.

– Jag jobbade som korrekturläsare på Alingsås Tidning en sommar. Jag fick vikariatet efter att ha praktiserat där två veckor som reporter, förklarar jag.

– Jag gjorde en veckas praktik där, när jag gick på grundskolan, säger hon.

– Jag ville satsa på den tidningen för jag trivdes i Alingsås, men tyvärr var redaktionschefen taskig mot mig. Han trodde kanske att jag var högfärdig för att jag gick på journalisthögskolan, förklarar jag. Han tyckte att det var konstigt att en journalistelev valde hans lilla tidning.

Efter grundskolan reste Helena till Österrike för att jobba hos släktingar. Efter två år återvände hon till Sverige och började studera på Kjellbergska vuxengymnasiet i Göteborg. Där tog hon examen i en treårig humanistisk linje. Nu siktar hon på att bli gymnasielärare som sina föräldrar.

– Elna Tedro är min förebild, säger Helena. Jag vill vara som hon för mina elever.

– Jag gillar Elna också, hon lärde mig att alltid ifrågasätta mina egna sanningar genom att pröva dem mot andra hypoteser, innan jag drar en slutsats.

Vi försvarade Elna, när hon kritiserades hårt av kolleger

för att hon tillät eleverna ta med sig böcker och egna anteckningar på proven i samhällskunskap. Hon ansåg att det var viktigare att förstå och analysera uppgifterna än att lära sig en massa fakta utantill.

Arrangörerna delar ut en flaska rött vin till varje par och jag häller direkt upp ett glas för Helena.

– Du får ta hela flaskan, min mage tål just nu inte alkohol, ljuger jag.

Jag hoppas att vinet ska få Helena att bli personligare i vårt samtal, för hon är ofta oförutsägbart undflyende som kastvindar, så att det är svårt att veta om hon menar allvar eller bara är trevlig.

Hon berättar att hon försörjer sig som städare på ett sjukhus och jag säger att jag ibland jobbar som redigerare på Bohusläningen och att jag utgår från att jag får ett vikariat där i sommar igen.

– Jag har faktiskt haft funderingar på att bli journalist, säger hon och smuttar på vinet.

– Det är ett stressigt yrke, många drabbas av dålig mage och sömnlöshet. Det är svårt att få fast anställning, men det finns gott om vikariat på landsorten.

– Varför har du då valt att bli journalist?

– Det är ett kreativt och omväxlande yrke, men om jag i förväg hade fått veta nackdelarna, hade hellre valt att bli läkare eller lärare och på fritiden jobbat som frilans, svarar jag.

Det serveras skinka med skivad potatis medan Helena pratar med sin bästa vän Pernilla som har knuffat in sig mellan oss, eftersom hennes partner har tafsat på henne. De kompletterar varandra för att de är sina motsatser. Medan Helena påminner om en ängel, liknar Pernilla en vamp med sitt vågigt rödbruna hår, fylliga läppar och intensivt bruna ögon, när hon har tagit av sig sina stora glasögon med tjockt glas.

Jag har fått intrycket att allt Pernilla företar sig i nuet ska vara en nyttig investering på ett eller annat sätt i framtiden. Hon vill bilda en familj, bo i en villa och jobba som gymnasielärare. Innan dess vill hon roa sig så mycket som möjligt.

Lektorerna håller lustiga tal på tyska och vill sedan tävla mot elever i att häva i sig öl. De bildar två lag med vardera tre deltagare. Till uppmuntrande rop och applåder startar tävlingen. Så fort den första är klar, måste han visa att flaskan är tom genom att vända den upp och ner på den nästa medlemmen i laget. Samma gör den andre på den tredje. Elevernas lag besegrar med nöd och näppe sina lärare.

En arrangör klappar händerna och förklarar att det är dags för en provisorisk orkestern att spela. Den består av studierektorn Jürgen med flöjt, jag med akustisk gitarr och Pernilla som sångare.

— Vi har bara hunnit öva någon timme i avgaserna i garaget, så nu är vi riktigt nervösa, påpekar Jürgen.

Vi framför en epistel av Michael Bellman och får livliga applåder trots att vi spelade i otakt. Antingen är åhörarna artiga eller så är de för berusade för att höra att det lät gräsligt.

Arrangörerna dukar fram kaffe och glass och jag stressas av att det redan är halv elva på kvällen. Den sista bussen till Borås avgår om fyrtio minuter. Tiden har gått svindlande snabbt i Helenas och Pernillas sällskap.

Jag rusar till Jürgen och förklarar att jag helst vill stanna kvar och undrar om han har en lösning. Han svarar att han inte känner någon på festen som ska köra bil till Borås. Det är inte heller möjligt att sova över på tyska institutionen för att en vakt inspekterar lokalerna på natten.

Jag återvänder till Helena och Pernilla som redan har ätit upp min glass.

— Jag måste tyvärr gå för att hinna med bussen, säger jag med en vag tanke om att de ska erbjuda mig övernattning men de svarar inte, de är helt upptagna av varandra.

41

Lektion på tarvlig nivå

Kan du komma över hit omedelbart! skriker nattchefen Daniel med en ilsken ton medan han viftar vilt med dagens tidning.

– Ett ögonblick, svarar jag och går medvetet långsamt över till hans sida på ett avlångt skrivbord som upptar en stor del av utrymmet på centralredaktionens mittpunkt.

Jag anar oråd, för han är på dåligt humör och det drabbar ofta kolleger. Han grälade nyligen häftigt med reportern Peter om det är språkligt korrekt att börja en ny mening med konjunktionen och. Till slut förlorade han tålamodet och skrek: Det är förbjudet på Bohusläningen! Peter svarade frankt: I Bibeln är det i alla fall tillåtet!

I själva verket är Daniel mycket osäker på sin roll som nattchef och på sina kunskaper. Han har endast jobbat som journalist sedan hans pappa ordnade en tjänst som volontär på en lokaltidning direkt efter grundskolan på sjuttiotalet. På den tiden var det fortfarande vanligt att gå den långa vägen i yrket.

Numera är han omgiven av journalister som har studerat på journalisthögskolan eller på universitet. Några har haft vikariat på Dagens nyheter och Aftonbladet. En majoritet av dem jobbar på Bohusläningen i väntan på lediga jobb på de största tidningarna i Malmö, Göteborg och Stockholm, för de erbjuder betydligt högre löner och mycket bättre villkor.

Jag ställer mig bredvid Daniel som pekar på rubriken Blandat kompott för Hans Holmér som jag har skrivit i dagens tidning till en text om länspolismästarens resultat i den omfattande jakten på politikern Olof Palmes mördare.

– Vad ska detta föreställa? frågar han.

– Det är en subjektiv predikatsfyllnad, gissar jag.

– Ska blanda böjas med t eller d?

– Neutrum, svarar jag.

– T eller d! skriker han.

– Herregud! utbrister jag. Detta förhör är på grundskolenivå. Adjektivet ska självklart böjas med t.

– Varför skrev du då d?

– Vem som helst kan faktiskt göra misstag när man är trött och stressad. Det ingår i yrket, det vet du.

Det känns pinsamt att den självlärda Daniel behandlar mig som en okunnig elev. Några närvarande kolleger tiger generat. Jag går till pausrummet för att lugna ner mig och återfå fokus på att redigera och sätta rubriker på artiklar från Tidningars telegrambyrå som domineras av Olof Palmes pampiga begravning.

Det irriterar mig att Daniel alltid skyller misstag på vikarier trots att det är hans uppgift som nattchef att syna och godkänna alla sidor, innan sätteriet lämnar över dem till tryckeriet. Hans värsta egenhet är att han högljutt påtalar andras språkliga fel i stället för att diskutera dem sakligt i lugn och ro.

Jag tar det med behärskning, för jag vill inte gå samma öde till mötes som en vikarie som gav svar på tal genom att kritisera Daniels bristande förmåga att värdera nyheter. Det ledde till att han i sin tur svarade med att hitta fler språkliga misstag. Det utvecklades till en ond cirkel där Daniel trivdes, eftersom han som nattchef hade övertaget, men det skapade en ansträngd stämning på centralredaktionen tills vikarien slutade på eget initiativ i förtid.

Efter en cigarett till en kopp kaffe har jag återhämtat mig

och återvänder till centralredaktionen, där Daniel som vanligt biter på naglarna medan han formulerar rubrikerna till tidningens löpsedlar om Olof Palmes begravning i Stockholm, där över hundra tusen människor kantade kortegevägen.

– Är du klar med uppslaget? undrar han.

– Det fattas bara en kommentar som nyhetsbyrån håller på att printa ut, svarar jag.

Jag skissar in kommentaren med en rubrik och lämnar uppslaget till Daniel för kontroll.

– Sista farväl till Olof Palme är en trist rubrik, säger han.

– Det håller jag helt med om, jag tog nyhetsbyråns rubrik för att hinna bli klar i tid, säger jag.

– Du måste lära dig att jobba effektivare, om du vill stanna kvar här, påpekar han.

Jag vet att han vill provocera fram ett gräl, så jag svarar behärskat:

– Det har du alldeles rätt i, jag måste skärpa mig.

Möten med lärda

På tyska institutionens bibliotek möter jag som vanligt en av de studerande som inte har någon formell funktion på universitetet. De hänger kvar där termin efter termin för att de aldrig avslutar sin avhandling eller fackbok. Den här akademikern är en mager, trettioårig kvinna med en stram hårknut, hon bevakar självsvåldigt biblioteket som har utarmats av låntagare som har glömt lämna tillbaka böcker.

— Vad vill du här? frågar hon misstänksamt.

— Jag vill låna ett lexikon, svarar jag.

— Då hänvisar jag dig till universitetsbiblioteket.

Jävla nucka! tänker jag ilsket.

Professorn på tyska institutionen har gett mig i uppgift att kolla ytterligare några verb för mitt fördjupningsarbete. Han har utsett sig själv som min handledare. Antagligen anser han att det är en förmån för mig, men det förhåller sig tvärtom, att få honom som handledare är en mardröm jämfört med studierektorn Jürgen, eftersom han ställer så höga krav att få har lyckats genomföra ett fördjupningsarbete med honom.

När jag går mot professorns rum längst in i en tyst korridor med kala väggar och stängda dörrar möter jag en mager, blek doktorand som forskar i passiva satser. Några elever har gett honom smeknamnet Läppljudet för att han talar tydligt med läpparna som om varje tyskt ord vore en delikatess.

— På Bohusläningen jobbar två reportrar som studerat tyska här, säger jag. De minns dig. Du var deras favorit.

Han tar det som beröm, han fattar inte att jag syftar till hans märkliga läppiga ljud som är som skapade för varje seriös komiker. Jag berättar att han fortfarande arbetar på sin avhandling om passiva meningar. Det är en uppgift som pågår sedan i fem år tillbaka.

– Jag blir snart klar, jag har bara några detaljer kvar, säger han som vanligt.

– Då bjuder jag på en lyxig middag, lovar jag generöst, för jag utgår från att det aldrig blir av.

Professorn sitter framför sitt skrivbord med mitt utkast till fördjupningsarbetet Fiskespråket år 1985 som jag har postat till honom för att få anvisningar. Han börjar genast prata på sitt obegripligt akademiska språk men jag ignorerade det, jag fortsätter att svara med enkla repliker. Plötsligt skrattar han som han brukar göra under ett samtal som om han tänker på något lustigt. Det ger intryck av att han lider av något slags psykisk åkomma som han inte har kontroll över.

Jag har valt att studera hur Västtysklands största fisketidning Blinker använder språket, för jag har nytta av den kunskapen ifall jag börjar jobba som frilans för sådana magasin. De har skrivit till mig att de behöver medarbetare i Sverige.

Professorn bläddrar förstrött i mitt färdiga utkast till fördjupningsarbetet på fyrtiotvå sidor. Jag har kämpat hårt för att komma så långt. Den första delen är klar efter två möten och en genomgång av en årgång av Blinker och nu utgår jag från att det bara återstår att sammanfatta alla uppgifter och skriva rent det på skrivmaskin.

– Du måste ha med referenser till dina slutsatser om skillnaden mellan fiskespråk och lexikal tyska, säger han bestämt.

– Hur ska jag kunna få tag på dem? Ingen annan har ju gjort samma sak som jag. Det finns nästan inga fiskeuttryck i ordböckerna. Inte ens du kan dem.

– Se det som en intressant utmaning, uppmanar han.

Jag känner mig utled på ämnet, för jag ser inget slut och det verkar som om professorn förhalar mitt arbete för att han känner sig ensam i sitt dunkla rum. Några elever i min grupp kan redan skönja slutet på sina fördjupningsarbeten. De har fått göra det så enkelt som möjligt.

– Det kanske är bättre att jag börjar om med en enklare uppgift. Jag kan i stället räkna hur många gånger ett visst ord förekommer i en skvallertidning och i ett nyhetsmagasin och sedan analysera skillnaden, förklarar jag.

– Du måste alltid ha referenser, oavsett ämne, säger han. Du kan börja med att referera till de tidningssidor där uttrycken används och till de lexikon som du har använt.

– Det är ju ett jättejobb! utbrister jag förtvivlat.

– Jag hjälper dig med det, lovar han.

På journalisthögskolan var fördjupningsarbetet enklare för att jag hade ett konkret mål. Jag skrev om hur Cityvarvet och Arendalsvarvet rensade ut sjuka, skadade och alkoholiserade anställda genom att föra över dem till en särskild organisation som kallades Projekt 80 på det nedlagda Eriksbergs mekaniska verkstad. Det var möjligt för att fackföreningarna och varvsledning kom överens om att sätta lagen om anställningstrygghet ur spel.

Sedan skrev jag några reportage utifrån fördjupningsarbetet och sålde dem för åtta tusen kronor till facktidskrifter. Det kan jag knappast göra med en analys av fiskespråket i Blinker. Om det godkänns, hamnar det i tyska institutionens dammiga arkiv som många andra bortglömda arbeten.

Jag återvänder modstulen till universitets kafeteria på Humanisthuset. Jag tvivlar på att fördjupningsarbetet är värt all möda och om jag över huvud taget har tid att avsluta den tredje terminen, när jag allt oftare måste arbeta som inhoppande vikarie på Bohusläningen av ekonomiska skäl.

I kafeterian sätter jag mig vid samma bord som Kjell-Åke,

47

Pernilla och Helena som håller på att kolla bilder som de tog, när vi deltog i en intensivkurs i tyska i Hamburg förra året. Jag känner mig alltid upprymd i de unga kvinnornas sällskap, för de är sig själva och gillar att umgås med män. Jag är förtjust i att det finns något oförutsägbart i Helenas blick medan Pernillas utmanade sätt får mig ofta att skratta, eftersom det verkar som om hon driver med sin vampiga kvinnlighet.

De är nästan klara med sina fördjupningsarbeten, för de har Jürgen som handledare som tar hänsyn till att det bara handlar om fem poäng, som är avgörande för Kjell-Åke, Helena och Pernilla. Som lärarkandidater måste de klara det för att kunna fortsätta sin utbildning.

– Jag har svårt koncentrera mig på studier, mina syskon stör mig, klagar Kjell-Åke.

– Jag har ett rum och kök, säger Pernilla och ger honom en öm blick.

– Jag har en lägenhet med två rum, säger Helena och smeker hans hand.

– Jag har en balkong! utropar Pernilla.

– Jag har en dubbelsäng och en färgteve, kontrar Helena.

De lämnar bordet skrattande. De ska kolla kläder i några butiker på Avenyn, innan en lektion i översättning börjar.

– Du skulle kunna ha en dubbel uppsättning, säger jag.

– Nej, det verkar jobbigt, jag skulle kunna nöja mig mer än väl med Helena, svarar Kjell-Åke.

Utmattad redigerare

Reportrar samlar sig förväntansfulla omkring redigerarna vid deras avlånga bord framför teven på Bohusläningens centralredaktion. Alla anar redan vad svaret blir efter länspolismästaren Hans Holmérs utspel om en man, som misstänks för mordet på politikern Olof Palme. Svaret blir det väntade: Mannen måste släppas ur häktet.

Några reportrar hånskrattar åt spektaklet och jag suckar tungt av trötthet. För mig betyder utspelet mer jobb och stress, trots att det inte gav något avgörande resultat. Utredningen liknar allt mer om en dålig fars med Hans Holmér i huvudrollen.

– I morgon klagar väl läsarna på att vi åter publicerar att mordutredningen inte har gjort några framsteg, muttrar redaktionssekreteraren Leif som i all hast har hoppat in som nyhetschef för att den ordinarie är sjuk.

Han beslutar ändå att satsa två sidor med texter och bilder från Tidningarnas telegrambyrå på fiaskot, för han utgår från att konkurrenten Göteborgs-Posten ska göra det.

– Nu får vår vikarie äntligen göra skäl för sin lön, säger nattchefen Kenny med blicken riktad mot mig.

Han tar vara på varje tillfälle att trakassera mig och det är meningslöst att värja sig mot det, eftersom det eggar bara upp honom ännu mer. Jag misstänker att elakheterna beror på att jag är förtjust i hans tjugosexåriga sambo Annicka som jobbar som redigerare. Hon påminner mer om en bondmora på 1800-talet än om den moderna, välutbildade yrkeskvinna som hon är. Hon är mullig, har en tjock, blond fläta och är alltid klädd i enkla, rymliga klänningar och hon går i träskor.

Jag känner mig trygg i Annickas närhet, för hon är omtänksam och hjälpsam mot alla. Det är egenskaper som är sällsynta bland journalister. Hon har mod och styrka att vara snäll i centralredaktionens tuffa miljö, där kollegerna lurpassar på varandra om lön, karriär och tjänster.

Jag har börjat arbeta regelbundet på Bohusläningen igen även om det bara är inhopp tills vidare. Jobbet innebär att jag på kort varsel måste stiga upp klockan sex på morgonen, promenera två kilometer till Borås centralstation, ta tåget sexton mil till Uddevalla via Göteborg för att jobba till klockan fem på eftermiddagen och sedan återvända till Borås, där jag bor hos min mamma. När jag har kvällspass stannar jag ofta några timmar i Göteborg för att studera på tyska institutionen, innan jag kliver på tåget eller bussen till Uddevalla och då sover jag över i tidningens vilorum.

Jag känner att jag inte kan fortsätta så här. Jag blir utmattad av resorna. Antingen måste jag få lån till en bil eller hyra en lägenhet i Uddevalla. Förra året sade jag upp min lilla lägenhet och hyrde billigt ett rum hos en sjukligt mager sjuksköterska. Hon har en bångstyrig, livligt tioårig son och fadern är journalist i Brighton i England. Jag fick skriva på hans slitna Halda i hans arbetsrum.

I början pratade vi varje dag om allt möjligt men allt eftersom gled samtalen in på könssjukdomar. Hon var mest rädd för aids som kvällstidningar överdrivet skriker ut på löpsedlar för att sälja fler lösnummer. Efter några veckor började hon att prata om att hon hade fysiska behov och behövde ömhet. Till slut blev situationen så ohållbar för mig att jag i stället måste övernatta på tidningen.

Leif stiger in i pausrummet på redaktionen, där jag sitter

och röker och han undrar prövande:

– Du söker andra vikariat, heller hur?

– Ja, jag söker jobb på Göteborgs-Posten och Sydsvenskan, svarar jag uppriktigt.

Jag vill helst vara kvar på Bohusläningen, om de andra tidningarna endast kan erbjuda mig korta vikariat, eftersom jag fortfarande tror att jag har störst möjlighet att få fast anställning på Bohusläningen.

Leif är känd som en empatilös redaktionssekreterare som utnyttjar vikarier som om de vore slit- och slängvara. Det verkar vara en yrkesskada som man kan drabbas av efter några år på en sådan tjänst, för även hans företrädare hade dåligt rykte. Leifs käpphäst är omtalad på journalisthögskolan. En adjunkt påpekade att det är avgörande att stava Bohusläningen rätt i jobbansökan, i annat fall hamnar den direkt i papperskorgen.

Han har satt i system att ha så många vikarier som möjligt. Kolleger har förklarat att det beror på att han anser att de arbetar bättre och är fogligare än fast anställda. Deras insatser motsvarar konstant två heltidstjänster på centralredaktionen. Och han är petnoga med att ingen lasas in.

Han själv har lärt sig det journalistiska hantverket på Karlskrona Kuriren och Ljusnan innan han anställdes på Bohusläningen som redigerare.

– Har någon tidning ringt för att kolla mig? frågar jag.

– Nej, ingen, svarar han.

– Jag vill gärna jobba på Bohusläningen även den här sommaren.

– Jag kan inte lova något i förväg, vi får se hur många som söker vikariaten.

Byline före ideal

Jag bläddrar i den ena dagstidningen efter den andra på stadsbiblioteket i Borås på jakt efter uppslag till frilansjobb tills jag finner ett reportage i Arbetet av en före detta medlem i KPML:r vid namn Christer som ler självsäkert på en stor bildbyline. Han skriver om sport i den socialdemokratiska tidningen trots att han förut föraktade dess journalister och ansåg att de var arbetarklassens förrädare.

Det behövs tydligen bara en byline för att somliga journalister ska sälja sitt ideal och byta sida, konstaterar jag.

Jag känner Christer sedan tio år tillbaka. Vi jobbade på Cityvarvet i Göteborg. På den tiden kallade han mig för kapitalistlakej för att jag var socialdemokrat och ansåg att kommunism alltid leder till diktatur eftersom den utgår från en mäktig ledare och ett enda parti.

När jag slutade på varvet lämnade jag socialdemokraterna. Jag ansåg att partiet hade svikit målsättningen om demokratisk socialism och jag tyckte att partiledaren Olof Palmes lidelsefulla tal om rättvisa, frihet och jämlikhet bara var ett spel för gallerierna.

Christers och mina vägar korsades sedan på Kjellbergska vuxengymnasiet och därefter på journalisthögskolan. Han var fortfarande kommunist men han tonade ner det så mycket att han inte ens ville prata politik längre.

När han misslyckades få ett vikariat på Göteborgs-Posten drog han slutsatsen att det hängde samman med att redaktionen hade fått reda på att han var medlem i kommunistiska partiet marxist-leninisterna revolutionärerna, ett parti som vill införa arbetarnas diktatur och har den ryske diktatorn Josef Stalin som en politisk förebild.

Nästa gång jag blev påmind om Christer existens var genom några läsvärda reportage om ökat antal arbetslösa och fattiga i London som han skrev som frilans. Ett av dem publicerades i Arbetet och det ledde till att han fick ett vikariat som sportreporter på tidningen.

Det skulle inte förvåna mig om Christer till och med har blivit socialdemokrat för att han jobbar på Arbetet, för jag känner sedan tidigare journalister som har anpassat sina åsikter efter nya förutsättningar.

Men fanatiker skrämmer mig mer än anpasslingar som Christer, för inte ens fakta och bevis skulle kunna ändra deras övertygelse om att endast kommunismen kan rädda världen. En sådan typ var en äldre medlem i KPML:r som uppgivet sade till mig på Cityvarvet. "När kommunister gör karriär blir de borgerliga och det beror på att många av dem inte har någon arbetarbakgrund."

Det kommunistiska partiet är numera en spillra jämfört sin storhetstid i början av åttiotalet i Göteborg. Många har lämnat det för att göra karriär men det finns undantag. Den mest kända är den folkkäre skådespelaren Sven Wollter som till och med offentligt står upp för partiet.

Jag lägger tillbaka tidningen i hyllan och beslutar att ringa till Christer för att kolla om det finns något vikariat på Arbetet. Han känner genast igen min röst och låter uppriktigt glad över att prata med mig.

– Det har gått bra för dig, säger jag.

– Ja, jag blev nyligen fast anställd, men det beror bara på att jag var på rätt plats i rätt tid, förklarar han.

– Finns det något vikariat för mig? undrar jag.

– Nej, inte på den här redaktionen, men Arbetet i Malmö behöver några redigerare. Jag ska söka en av tjänsterna, för jag vill komma bort från Göteborg.

– Jag funderar också på att flytta dit, om jag inte får fast anställning på Bohusläningen.

– Det gör du rätt i, det är störst chans att få jobb i Skåne, om man inte vill arbeta i norra Sverige.

– Då kanske vi ses i Malmö i höst, säger jag.

Hyresvärd i farten

Jag öppnar ytterdörren och där står hyresvärden Samuel, en knubbig sextioåring som ofta har en ilsken uppsyn som om han väntar sig att när som helst försvara sig mot en attack.

Ska han klaga på min katt? tänker jag.

– Mamma, Samuel vill prata med dig!

Jag återvänder till mitt rum med oroliga tankar. Jag fruktar att han ska förbjuda Måns att vistas på gården. Katten har lärt sig att på egen hand ta sig tre våningar ner till porten. Där väntar den på att bli utsläppt av någon hyresgäst. När den vill återvända till lägenheten upprepas proceduren.

Samuel gör mig nervös, för han kan plötsligt börja skälla högljutt på störande hyresgäster. De som bråkar med honom är chanslösa, för han äger och bor i den gamla fastigheten på fyra våningar i ett attraktivt läge i centrala Borås.

Hyresgäster spekulerar i hur han har haft råd att köpa huset, eftersom han bara har varit arbetare inom textilindustrin. En teori utgår från att han har fått ett rejält skadestånd från den västtyska staten för att nazisterna utplånade hans släktingar på ett förintelseläger under andra världskriget.

Just nu är han mitt inne i en konflikt med en hyresgäst, den tredje på de sex månader som huset har stått klart efter en omfattande renovering.

En gubbe i det första bråket blev så ilsken att han skrek: Jävla jude! Samuel hotade då att göra en rättssak av det med hjälp av ett vittne. Hyresgästen insåg att han måste flytta.

Det andra bråket uppstod efter en oväntad hyreshöjning för att Samuel hade räknat fel på utgifter för driften när renoveringen var klart. Några grannar klagade högljutt över det. En av dem kallade honom för krämare och spottade på hans fötter och han hotade då att polisanmäla hyresgästen om han inte flyttade.

Nu grälar han med en ensamstående kvinna som han anser spelar musik för högt på kvällen. Han har påtalat det för henne några gånger men hon struntar i det.

Samuel verkar ha förmågan att provocera hyresgäster att bli arga på honom. Men han kommer bra överens med min mamma. Jag antar att det beror på att båda har upplevt andra världskrigets fasor. Mamma flydde från diktatorn Josef Stalins terror mot ingermanländare och Samuel undkom mordlystna nazister. I slutet av fyrtiotalet lärde de känna varandra som arbetskamrater på en spinnerifabrik i Rydal utanför Borås.

– Vad ville han? frågar jag.

– Han sa att en tvåa blir snart ledig, svarar hon. Det är kvinnan som spelar musik sent på kvällen som ska flytta.

– Du kan inte byta till en mindre lägenhet så länge jag behöver ett rum, säger jag.

– Du kan inte heller bo hur länge som helst gratis hos mig, påpekar hon.

– Jag lovar att flytta i sommar.

Mamma förklarar att Samuel klagade över den saftiga räkningen som hennes två yngsta söner, Johan och Jonas, postade till honom efter att deras firma hade satt upp persienner som han hade köpt på rea hos en konkurrent. Han hade förväntat sig få rabatt på monteringen för att han är vän med vår mamma.

Det kan vara förklaringen till varför Samuel låtsades som om jag vore luft, när jag i förmiddags letade efter katten som var ute hela natten på jakt efter löpande honor. Han höll på att sopa rent utanför sin sons läkarmottagning i fastigheten, men jag kände att hans blickar följde varje steg jag tog och det gjorde mig nervös.

– Har Samuel varit otrevlig mot dig? undrar mamma.

– Nej, men han är en obehaglig typ, svarar jag. Det är bäst att du undviker honom.

– Det går inte, han springer efter mig överallt, det gjorde han redan i Rydal.

– Gift dig då med honom så att du får ärva kåken när han dör, föreslår jag.

– Nej, tack. Det räcker med de två eländiga äktenskap som jag har haft, säger hon bestämt.

Klart för nytt uppdrag

Jag sitter missmodig med telefonluren i handen hemma hos min mamma efter att ha ringt veckotidningar för att kolla om de är intresserade av ett reportage om en ingermanländsk kvinna som flydde till Sverige, när Sovjetunionen utövade påtryckningar på Finland att tvinga flyktingar att återvända till hemlandet efter det andra världskriget.

Som många andra ingermanländare hamnade hon som flykting i Borås kommun. Textilindustrin tog emot dem med öppna armar på grund av brist på arbetare. Det unika med kvinnan är att hon har dokument som visar att hon tillhör en släkt som förvisades från Borås till Ingermanland på 1640-talet då det tillhörde Sverige.

I början av åttiotalet reste hon och mamma runt i Ingermanland för att konstatera att deras släktgårdar hade utplånats totalt i kriget och att det mest bodde ryssar i landskapet som ett resultat av diktatorn Josef Stalins etniska utrensningar. De tog med sig några stenar som minnen från deras barndoms marker.

Endast Saxons veckotidning godtar mitt förslag, förutsatt att det innehåller kärlek och dramatik med ett lyckligt slut. Snyftiga berättelser om vardagens människor är den veckotidningens specialitet. Jag lärde mig att skriva sådana texter genom att använda en massa förstärkande ord, när jag som elev på journalisthögskolan gjorde ett halvt år lång praktik där. Chefredaktören tyckte att jag var duktig och gav mig en vink om att jag skulle få ett vikariat, men det grusades när en skum typ tog över förlaget med hjälp av ett lån från säljaren som bara ville behålla fastigheten.

Mamma går in i köket, sätter på kaffebryggaren och frågar försynt:

– Ska du skriva om min vän?

– Ja, om hon vill berätta om hur hon träffade sin stora kärlek i Borås, svarar jag.

– Sådant trams vill varken hon eller hennes man vara med om, det vet jag bestämt.

Jag gör en uppgiven gest mot mamma. Jag behöver pengar för att i maj kunna delta på en intensivkurs i tyska i Hamburg och umgås med min flickvän Berit. Hon har lovat att hjälpa mig att slutföra mitt fördjupningsarbete om fiskespråket.

Nu har jag bara ett förslag kvar. Det handlar om kvinnliga svetsare på varven i Göteborg. Jag har pratat med en forskare, som har skrivit en avhandling om hur kvinnors hälsa och vardag påverkas av det fysiskt krävande jobbet.

Jag beslutar att först ringa till en redaktör på Arbetsmiljö, eftersom den facktidningen betalade hyfsat för ett reportage förra året och därför är risken minimal att de ska stjäla idén. Jag har fått uppleva några gånger att redaktioner har tackat nej till mitt förslag för att sedan själva genomföra det.

– Din text om övertaliga arbetare på varven var superbra! berömmer redaktören.

– Det beror på dig, du redigerade den perfekt, säger jag uppriktigt, för hon spetsade till reportaget så att det blev lättare att läsa det.

Jag presenterar mitt förslag och förklarar att jag kan komplettera reportaget med färska fakta. Redaktören godtar det direkt. Vi kommer överens om att jag ska ha samma betalning som förra gången, tvåtusen sexhundra kronor. Det är ett hyfsat honorar om jag kan genomföra det på några dagar, men vanligtvis behöver jag mer tid för ett sådant jobb, eftersom mycket kan gå fel på vägen till ett färdigt reportage.

– Kan du ordna bilder för jobbet?

– Ja, jag fotograferar en kvinnlig svetsare och kollar om forskaren har några bilder.

– Det vore bra om du kan leverera jobbet till nästa utgåva.

– Ja, det klarar jag, svarar jag.

Jag ringer till studierektorn Jürgen på den tyska institutionen och meddelar att jag kan följa med till Hamburg. Han blir glad över beskedet, för det behövs ett bestämt antal deltagare för att genomföra intensivkursen.

– Har du frågat professorn om jag i stället kan få dig som handledare för mitt fördjupningsarbete?

– Det är tyvärr inte möjligt, han har valt dig för att han tycker att ditt arbete med det tyska fiskespråket är ett spännande ämne.

– Men professorn kräver för mycket av mig. Jag kommer aldrig att bli klar.

– Du behöver inte oroa dig, du har ju Berit, säger han och skrattar.

Shit! tänker jag. Han anar tydligen att jag genomför utbildningen med hennes hjälp.

Journalistisk förebild

En äldre kvinna håller engagerat en föreläsning om den tyske journalisten Günter Wallraff trots att bara några elever och studierektorn Jürgen sitter i Humanistiska fakultetens hörsal som har plats för minst hundra åhörare. Han berömmer mig för att jag ställer upp för första gången på ett föredrag med frivillig närvaro i ett arrangemang om tyska författare som pågår sedan några veckor tillbaka.

Föreläsaren är expert i tysk litteratur som har givits ut efter andra världskriget, men det är just hennes tema Günter Wallraff som har lockat mig till hörsalen. Jag vill veta mer om den märklige journalisten som försörjer sig på att avslöja samhällets brister under falska förespeglingar i Västtyskland.

Jag lyssnar koncentrerat och gör anteckningar medan jag blir allt mer irriterad på att jag endast förstår en bråkdel av sammanhanget, eftersom hon använder en tyska som ligger på en långt högre nivå än min kompetens.

Günter Wallraff förändrade den journalistiska arbetsmetoden, noterar jag. Han använde påhittade identiteter för att bland annat avslöja Bild-Zeitungs smutsiga, journalistiska knep och publicering av falska nyheter.

Efter föreläsningen går jag fram till kvinnan och frågar:

– Vilken present ska jag ge till min flickväns föräldrar när jag besöker dem i maj för första gången? De bor i Hamburg och släkten kommer ursprungligen från Sverige.

– Schloss Gripsholm, svarar hon tveklöst. Kurt Tucholsky

skrev boken när han vistades i Sverige under 1930-talet. En duk med Sveriges landskap skulle föräldrarna säkert uppskatta också.

– Ja, duken blir de nog glada över, för de älskar Sverige, säger jag.

Boken kommer jag däremot inte att skänka föräldrarna, eftersom den kan göra Berits pappa generad. Som tonåring var han en fanatisk nazist som brände böcker på bål på trettiotalet. Kurt Tucholskys böcker förbjöds för att han varnade för upprustning och militarism. Berit har påpekat att han inte vill påminnas om sitt livs misstag, som han kallar det.

Det blir dags att visa en film av Günter Wallraff och nästan alla elever på tyska institutionen tar plats i hörsalen. Filmen skildrar hur hänsynslöst turkiska gästarbetare utnyttjas av företag i Västtyskland. Wallraff har under två år förklätt sig till en turk och dessa erfarenheter har han sammanfattat i boken Ganz unter, som är en bästsäljare och översatt till flera språk. På svenska säljs den under titeln Längst därnere.

Några av mina klasskamrater på journalisthögskolan hade Wallraffs arbetsmetod som en förebild. De drömde om att avslöja samhällets baksidor med hjälp av en täckmantel, en metod som kallas wallraffa. De lyssnade inte på lärarnas råd att det är viktigare att lära sig hantverket grundligt än att sträva efter att bli känd profil med en stor bildbyline.

En av journalisthögskolans före detta elever, Göran Skytte, slog igenom som undersökande journalist. Jag uppfattade honom som frånstötande mallig, när han höll ett föredrag på journalisthögskolan. Han berättade med stolthet hur han 1982 avslöjade att den dåvarande justitieministern i Olof Palmes regering ägnade sig med framgång åt skatteplanering. Det slutade med att politikern måste avgå trots att han inte hade begått något brott.

Jag och några andra elever kritiserade Skytte för att han

upprätthöll myten om den undersökande journalisten som samhällets förkämpe. Han har gått in i sin roll så till en grad att han har förvandlat sig själv till en karikatyr. Jag ansåg att det vore bättre att han angrep systemet som gjorde det möjligt att utnyttja det för att få en lägre skatt.

Efter filmen undrar Jürgen försynt om det är någon elev som vill yttra sig om den. Jag ställer mig upp och säger:

– Wallraff överdriver för att uppnå sin mål. Hur vet jag det? Jo, han skildrar en miljö som en gång var min. Märkte ni att han ofta är smutsig i filmen? Arbetare tvättar sig faktiskt innan de går hem. Jag misstänker att han skitade ner sig själv i ansiktet för att förtydliga bilden på utnyttjade turkar.

– De hade kanske inte någon möjlighet att tvätta sig på arbetsplatsen, säger Jürgen med ett roat leende.

– Det borde ha framgått i filmen, säger jag. Journalister som låter ändamålet helga medlen utgår ofta från en egen agenda. Sådana typer litar inte jag på.

– Vilket är då Günter Wallraff bakomliggande syfte? undrar Jürgen.

– Pengar och berömmelse, svarar jag.

När jag lämnar Humanistiska fakulteten har jag nästan avslutat den tredje terminen på tyska institutionen. Nu återstår en muntlig resttenta, fördjupningsarbetet och en intensivkurs i Hamburg.

Träff med forskare

Jag vankar otåligt av och an i foajén på det nedlagda Lind-
holmens varv i Göteborg, medan jag väntar på att en re-
ceptionist ska tala färdigt i telefon, när ett bekant ansikte
dyker upp med några andra äldre män. Det är min före detta
lärare på Industriskolan på Cityvarvet, där jag utbildade mig
till finmekaniker år 1974.

Jag minns ännu i detalj den första dagen på Industrisko-
lan, då han testade mig och några andra elever med olika
slags kuber. Vi skulle få dem att passa i olika ihåligheter inom
en bestämd tid. Vi protesterade högljutt, för det var som om
han utgick från att vi var efterblivna.

– Vad gör du här? undrar han leende medan vi skakar
hand.

– Jag ska skriva ett reportage om kvinnliga svetsare, svarar
jag. Och du själv då?

– Jag är här med några pensionärer, vi ska titta på en tea-
ter som de håller på att bygga här.

Jag berättar för honom att jag har klarat treårig ekonom-
isk linje språklig gren med toppbetyg på komvux, har tagit
examen på journalisthögskolan och studerar på den tredje
terminen på tyska institutionen.

– Den kille som du trodde var senfärdig kan till och med
stenografera på svenska, tyska och engelska, skryter jag.

– Du syftar på kuberna, förstår jag nu, säger han och skrat-
tar nervöst. Du har fullständigt missförstått det, ni var inga

försökskaniner, testet handlade först och främst att kontrollera nya elevers förmåga att lösa tekniska problem. Det är en ju en viktig egenskap för finmekaniker, eller hur?

Det låter som en nödlögn, tänker jag.

– Jag fick underkänt men det kanske berodde på att jag uppfattade testet som kränkande, säger jag.

– Det är trevligt att du trots det har gått vidare i livet, säger han och försvinner skyndsamt med pensionärerna medan receptionisten vänder sig mot mig.

– Jag skulle vilja träffa Catharina Nilsson, säger jag.

– Hon är sjukskriven, svarar hon.

– Är Claes Olofsson här?

– Ja, men han är upptagen.

– Vi får se, jag chansar.

Jag går upp till tredje våningen, där Claes arbetar som forskare i arbete och miljö på varven i Göteborg. Han titulerar sig som filosofie doktor och psykolog. Han har skildrat varvsindustrins nedgång i rapporter och avhandlingar. Lindholmens varv byggde det sista fartyget 1974 och fem år senare lades Eriksbergs varv ner och nu kämpar Arendals varv och Cityvarvet för sin existens som påminner om en utdragen dödskamp.

Jag hade ett långt samtal med Claes våren 1984, när jag gjorde mitt examensarbete om Projekt 80 som inrättades på det nedlagda Eriksbergs varv. Dit fördes arbetare och tjänstemän som ledningen och fackklubbarna ansåg inte platsade i den nya, effektivare organisationen. Han gav mig tips och buntvis med material om den unika händelsen.

– Receptionister säger att Catharina är sjuk, men hon sa att det går bra att prata med dig i stället, ljuger jag och sätter mig på eget bevåg framför Claes skrivbord som är belamrat med böcker och rapporter.

– Jag ska skriva ett reportage om kvinnliga svetsare för

facktidningen Arbetsmiljö.

– Jag kan hjälpa dig, men då får du ursäkta att jag är stirrig, jag slutade att röka för ett dygn sedan, säger han.

– Jag vet hur det känns, jag slutar röka några gånger varje år, säger jag.

Vi går ner till en liten, dunkel verkstad. Jag fotograferar en kvinnlig svetsare som ingår i Catharinas undersökning. Sedan återvänder vi till Claes kontor. Han ger mig kopior på två förstudier om kvinnliga svetsare och berättar i korthet om dem, men han har inte den information som jag vill ha om enkäten.

– Det är bättre att du pratar med Catharina, föreslår han. Hon kan mer än jag om ämnet.

Jag ringer till Catharina trots att hon är sjukskriven, för jag vet att forskare ofta vill ett deras arbeten uppmärksammas. Hon är doktorand vid psykologiska institutionen. Vi kommer genast överens om att träffas. Jag tar spårvagnen till hennes bostad i en risig träfastighet från sekelskiftet vid Järntorget, där det fortfarande finns billiga lägenheter att hyra i väntan på rivning.

Jag överraskas av Catharinas skönhet. Jag förväntade mig att träffa ännu en trist, grådaskig forskare med trötta ögon men framför mig har jag en kvinna med mjuka former och ett vänligt ansikte som ser barnsligt ungt ut för sina trettio år.

Hon tar fram en massa fakta om sin enkät om kvinnliga svetsare på varven i Göteborg. Under åren mellan 1965 och 1980 anställde Göteborgs varv tvåhundra sjuttiotre kvinnliga svetsare. Endast tretton jobbar kvar. Det beror främst på en tuff arbetsmiljö, hälsorisker och svårigheter att förena barnfamilj med yrket.

Sedan börjar vi nästan samstämmigt att beklaga oss över våra höga studieskulder. Det känns befriande att få utgjuta sin ångest inför framtiden med någon som är i samma situation.

– Jag sitter i en jävla rävsax, klagar jag. Ekonomisk har jag inte vunnit något på att studera. Lönen för färska journalister är lägre än vad jag tjänade som finmekaniker.

– Det är värre för de akademiker som måste städa för att de inte har fått in en fot inom den gebit som de har examina för, påpekar hon.

– Värst är studieskulden, den är tung att bära, säger jag.

– Jag oroar mig mest för att inflationen är lika låg som räntan på studielånet, förklarar hon. Ju högre inflation, desto bättre för mig, eftersom studielånets ränta är fast.

Vi avbryts av en hes, klagande röst från sovrummet.

– Det är min pojkvän som väsnas, han håller på att nyktra till sig, säger hon.

Jag får en skymt av en orakad man i kalsonger, när Catharina går in till honom med ett glas vatten. Jag hör att han börjar gråta medan hon förmanar honom att stanna i sängen. Efter tio minuters återvänder hon till köket, sätter sig mitt emot mig med enkäten framför sig.

– Du får ursäkta pojkvännen, han är deppig, han miste nyligen jobbet på Cityvarvet, när bolaget minskade antalet anställda på ritkontoret.

Flyktig favorit

På förmiddagen dricker jag öl med mina klasskamrater på en pub i Hamburgs centrum. De pratar om explosionen i Tjernobyls kärnkraftverk i Ukraina som inträffade i slutet av april för en vecka sedan. Det radioaktiva stoftet oroar dem, vilket faller över Europa med regnet. Men jag har svårt att följa samtalet för att Helena har oväntat stannat kvar på skolan, för jag vill passa på att lära känna henne närmare på intensivkursen i tyska som ska pågå i två veckor. Det har inte varit möjligt tidigare för att hon är ständigt på språng och oförutsägbar som kastvindar.

Jag blev allt mer fascinerad av Helena under de tre terminer som vi studerade på tyska institutionen i Göteborg. Hon ser lika gullig ut som många andra unga blondiner med en näpen näsa, blåa ögon och mjuka drag, men det som trollbinder mig är hennes öppenhjärtiga sätt och totala närvaro i nuet. Det är alltid roligt att umgås med henne, även om jag sällan begriper om hon menar allvar eller bara är glad.

Helena har bara gett mig fragmenterad information om sig själv. Jag vet att hon vill bli gymnasielärare i tyska och engelska, att hon umgås med en ung ingenjör i Göteborg och att hon föddes i min hemstad Borås för tjugosex år sedan men växte upp i Alingsås. Hon har också berättat att hon lider av psoriasis.

Jag inser att jag har fått känslor för Helena, för hon finns hela tiden i mina tankar. Det gör mig förvirrad, eftersom jag älskar min flickvän Berit så djupt att jag vill ha ett barn med henne. Jag skulle vilja ha båda kvinnorna om det vore möjligt. Det skulle passa mig perfekt, Berit är trygg och stabil som en lugn, stor flod, Helena är vederkvickande och omväxlande som en porlande bäck.

Jag har förklarat för Helena att jag hoppas att hon besöker mig i Uddevalla i sommar, om jag får ett vikariat på Bohusläningen. Hon gav mig ett halvt löfte, att hon i så fall kommer med sin bästa vän Pernilla.

På eftermiddagen återvänder gruppen till skolan och där står Helena och Pernilla med en tung resväska vid entrén.

– Ska du resa hem redan? frågar jag förvånat.

– Ja, men det var inte planerat, svarar Helena.

– Är det kärnkraftskatastrofen som skrämmer i väg dig? försöker jag skämta.

– Nej, jag har fått ett städjobb i Göteborg. Det är ett vikariat på tre månader.

– Jag kan hjälpa dig att bära väskan, föreslår jag.

– Det behöver du inte, säger hon. Pernilla följer med mig till stationen.

Jag önskar att tiden står still i det här ögonblicket, för jag känner att den unga kvinnan som står framför mig kan lyfta mitt liv till en högre kreativ och lyckligare nivå. Jag vågar inte avslöja mina känslor, eftersom jag befarar att de ska skrämma bort henne. Därför kramar jag om henne försiktigt men hon håller mig bestämt kvar, så att det till slut blir en intensiv omfamning.

– Jag har otur som lärde känna dig försent, säger jag uppriktigt.

– Vad tycker du att vi ska göra åt det? undrar hon med huvudet tryckt mot min axel.

– Du och Pernilla kan kanske fixa en fest för oss, när vi har återvänt till Göteborg.

– Jag lovar att vi ordnar det, säger Helena.

På kvällen kommer Pernilla fram till mig, för hon märker att jag är deppig där jag sitter ensam med en flaska vin i ett dunkelt hörn i samlingssalen.

– Var inte ledsen, du har ju de här grejerna att trösta dig med, säger hon leende med händerna om sina bröst.

Försoningens sötma

Jag och Berit äter en rejäl frukost, för vi ska delta i en årligt arrangerad cykelrunda med tusentals deltagare i Hamburgs hamn. Vår första kris är över och hon litar på mig igen. Hon har inbillat sig att det inte finns någon plats för henne i mina planer. Hon trodde att jag bara behöver henne för att jobba som frilans för tyska tidningar. Jag övertygade henne om att hon missförstod mitt senaste brev.

Berit ringde mig varje dag på skolan, för hon var orolig och upprörd och jag insåg till slut att jag måste avsluta intensivkursen i förväg för att rädda mitt förhållande. Det kändes svårt att skiljas från gruppen som skulle studera tyska ytterligare en vecka. De flesta har studerat i tre terminer i samma klass på tyska institutionen. Några elever har inlett förhållanden med tyskar och med varandra och några har blivit mina vänner.

Hon hämtade mig tidigt på söndag morgon och körde raka vägen till sin lägenhet i stadsdelen Altona. Efter att ha njutit oss mätta på varandras kroppar diskuterade vi en gemensam framtid. Vi kom överens om att hon ska flytta till mig så snart jag har etablerat mig som journalist och skaffat en bostad.

Under några dagar har vi gjort utflykter i Hamburg och i dess omgivningar och nu ska jag avsluta min vistelse hos henne med cykelrundan Hafentour. När jag återvänder till Uddevalla ska jag ersätta en sjuk redigerare på heltid i två veckor på Bohusläningen, hitta en lägenhet att hyra i andra hand och förbereda för hennes semester hos mig i juli.

Studierektorn Jürgen kommer oväntat på besök. Han ger mig godsaker, en ringklocka och en flaska vin som jag har glömt kvar på skolan.

– Gruppen har nu skingrats, jag har varit med de sista eleverna på Reeperbahn, innan de tog tåget till Göteborg, säger han.

– Vill du äta med oss? frågar Berit.

– Jag hinner inte, jag ska till Berlin för att hälsa på släktingar.

Efter frukosten besöker Berit och jag hennes föräldrar som bor på en liten gård i Altona som farfar byggde när han etablerade sig som snickare. Fastigheten är en av de få som undkom de allierades massiva bombningar över Hamburg under andra världskriget. Den består av ett risigt boningshus, en liten, fallfärdig ladugård och en verkstad som är full med skrot. En vildvuxen trädgård med knotiga äppelträd omgärdas av ett trasigt trästaket. Förfallet förstoras av att det omges av pampiga villor med perfekt klippta häckar och gräsmattor.

Huset är även invändigt nedgånget, det ser ut som om det har gjorts nödtorftiga förbättringar här och där. Kakelgolvet i hallen ligger direkt på myllan och den fuktiga luften har fått tapeter att lossna och missfärgas på flera ställen. I några mörka hörn frodas svart mögel och det luktar unket som i en gammal källare.

Har Berit verkligen växt upp i detta elände? tänker jag trots att hon har förvarnat mig om att hennes föräldrar inte har råd att renovera fastigheten. Pappan jobbar som taxichaufför, mamman är hemmafru och deras arbetslösa trettiosex år gamla son bor hemma.

Berits sjuttioåriga mamma staplar fram till mig och räcker fram en darrig hand. Det gråa håret är stripigt, den tunna, värkbrutna kroppen är krumbukt och munnen insjunken för att hon saknar tänder. Berit har berättat för mig att mamman skadade ryggen, när hon röjde bland ruiner och hackade rent tegelstenar efter kriget. Hon var en av de många kvinnor som deltog i Hamburgs uppbyggnad, men de har inte fått något eftermäle som de förtjänar för sina insatser.

Jag skänker mamman en bukett rosor och en väv med motiv på röda stugor och älgar och hon blir helt ifrån sig av tacksamhet.

– Det är alldeles för mycket! utropar hon och vänder sig mot sin feta make som glor apatiskt på en sportsändning med en flaska öl medan han väntar på att någon ska beställa hans rostiga taxi.

– Var ska vi hänga upp den här vackra väven? frågar hon.

– Det klarar du säkert av själv att bestämma, svarar han med blicken riktad mot teven.

Mamman betraktar mig som om jag vore från en annan planet, så att jag får intrycket av att hon sällan får besök medan maken verkar ha fastnat i fåtöljen med sin tjocka kropp. Han ger ett sävligt, likgiltigt intryck av en man som har förlorat hoppet på förändring.

Jag vet inte vad jag ska säga och inte mamman heller. Det blir bara korta, artiga fraser om att det är trivsamt i Altona, medan vi dricker kaffe till hembakade kakor i ett dunkelt belyst kök.

Berit tar fram ett fotoalbum och visar mig en bild där hon och en asiatisk kille sitter framför ett litet tält. Hon berättar att han var hennes första kärlek. De tältade ihop på sin första semester tillsammans. Vi tittar på bilder på släkten men de på pappan från kriget har rivits ut, för han vill glömma att han var en fanatisk nazist i sin ungdom.

Några bilder visar fastigheten på femtiotalet. På den tiden var området fortfarande en lantlig idyll och familjen hade hönor och odlade potatis och grönsaker.

– Den här stora tomten i denna attraktiva stadsdel måste vara värd en förmögenhet, säger jag.

– Ja, det är den men det är min farbror som äger allt. Familjen får bo här gratis så länge pappa lever, säger Berit. Det är så de har gjort upp om arvet.

Jag känner mig fortfarande tagen av besöket, när jag och Berit anländer till Hamburgs hamn, där vi ska hyra cyklar för att delta i en folkfest med omkring femtontusen cyklister.

Samtal på matställe

En haltande gubbe i sjaskig klädsel vinkar med en keps till mig utanför en bar på saluhallen i Göteborg, där jag njuter av rejäla, handgjorda köttbullar med brunsås och rårörda lingon. Han är en före detta varvsarbetare som jag lärde känna på Cityvarvet. Jag har glömt vad han heter men minns att han var en hängiven socialdemokrat som alltid diskuterade politik och som övertalade mig att bli medlem i partiet.

Mannen sätter sig vid mitt bord, han tar fram en näsduk och trycker den mot munnen och hostar upp slem.

– Jag har hört att du är journalist, säger han.

– Jag är bara vikarie på Bohusläningen.

– Det är bättre än att svarva, eller hur?

– Det tvivlar jag faktiskt på.

Gubben berättar att han stämplade i ett år, innan han beviljades förtidspension. Hans rygg är utsliten, han lider av kärlkramp, har dåliga lungor och plågas av diffus värk efter att ha svetsat på skeppsbyggen i trettiosex år, men han är mäkta stolt över sin insats som han anser har bidragit till samhällets välfärd.

Han passar på att klaga över att det numera finns många stavfel i tidningar och att det ofta används fel ord.

– Jag blev förbannad när jag i går läste en artikel, där reportern skrev sjuksyrra i stället för sjuksköterska, säger han.

Jag har tröttnat på att försvara journalisterna och yrket mot missnöjda läsare, så säger jag som det förehåller sig. Jag

75

förklarar att antalet språkliga fel dels beror på att journalister jobbar ofta under svår stress, dels på att den genomsnittliga utbildningen är pinsamt låg för att många har kommit in i yrket via bakvägen, framför allt på lokaltidningar.

– Jag har saknat dig på första maj-tågen, säger han. I år var det rekordmånga som deltog, minst en halv miljon runt om i landet, sa de i teve.

– Jag var faktiskt på Avenyn men bara för att kolla gamla varvskompisar som deltog spektaklet, för jag har lämnat partiet, säger jag.

– Det var tråkigt att höra, för socialdemokraternas politik betyder mycket för vanliga människors vardag, säger han.

– Partiet har inga ambitioner längre att utveckla ekonomisk demokrati och jag tror att den idén dog definitivt med Olof Palme.

– Det beror på att högerkrafterna gör allt för att krossa socialdemokraterna, hävdar han. Därför borde det vara varje arbetares plikt att stötta partiet, om de vill behålla sina rättigheter till ett värdigt liv som partiet har genomfört.

– Nej, det största problemet är att somliga sossar är mer intresserad av sina förmåner och karriär än av att företräda sina väljare. Det visar den enda skandalen efter den andra.

– Det är sådana dumbommar som du som öppnar vägen för högern vid nästa val! utropar gubben och hostar åter i näsduken.

– Jag accepterar att politiker är som vanliga människor med fel och brister, men jag anser att de trots det ska följa sina vallöften och själva leva efter de budskap som de predikar för sina väljare.

Han blir upprörd när jag som exempel på korruption nämner att politikern Olof Palme fixade ett stipendium till ett värde av fyrtio tusen kronor för sin son på det anrika Harvard university i USA när han gästföreläste där våren 1984. Det bidrog till att jag förlorade förtroendet för politiker.

– Hur kan du vara så simpel att du kritiserar Palme! Räcker det inte att han mördades?

– Jag har bara sagt hur jag uppfattar det.

– Du har fått det helt om bakfoten! Palme hade inget inflytande över att sonen fick stipendiet, skriker han och drämmer kepsen på bordet.

Jag inser att det är dags att byta samtalsämne, för han verkar vara tillräckligt psykiskt pigg för att orka gräla om åsikter som förr i tiden.

– Ska du inte beställa köttbullar? Här är de godast i hela Göteborg.

– Min pension räcker inte till för sådan lyx, säger han.

– Jag har inte heller råd att bjuda dig.

Plågsamt val

R edaktionssekreteraren Leif gör sig lustig över vikarier som har kommit och gått under hans tretton år på Bo-husläningen medan vi jobbar på centralredaktionen på eftermiddagen. Han har hoppat in som nattchef eftersom Kenny har som vanligt ont i magen. Han ska fixa tidningens löp och första sida och jag ska redigera utrikes, inrikes och sena nyheter fram till midnatt.

– Har du sagt ja till jobb på Sydsvenskan? frågar han.

– Jag har sagt att jag är intresserad av tjänsten, men re-daktionssekreteraren kan tyvärr inte ge mig ett bestämt be-sked förrän på fredag, svarar jag ärligt.

Ledningen har plötsligt blivit angelägen om att ha mig kvar på tidningen efter att ha gett mig vaga svar om vikariat hela våren. Det är Sydsvenska Dagbladets samtal med chef-redaktören som har fått ledningen att inse att jag inte är den självklara vikarien som alltid ställer upp.

För mig spelar det ingen roll om jag jobbar i Uddevalla eller i Malmö, det är viktigare att jag får ett längre vikariat, så att jag kan få ett lån till en bil för att kunna komma i gång som frilans för tyska tidningar, eftersom det verkar hopplöst för mig att få en fast anställning.

Leif ringer till chefredaktören och vänder sig sedan mot mig och säger:

– Rolf vill att du genast kommer till hans rum.

Chefredaktören huserar i ett rum med pampiga möbler

från fyrtiotalet med två stora fönster som vetter mot stadens gågata. På väggen hänger en högtidlig oljemålning på Ture Malmgren som grundade Bohusläningen 1878. Familjen äger fortfarande tidningen men de lägger sig inte i hur arbetet sköts på redaktionen så länge tidningen går med vinst och håller beslutad budget. De flesta på redaktionen och på sätteriet vet inte vad grundaren heter eller har träffat någon av ägarna.

Efter nästan tre år som vikarie är det för första gången som jag ska prata med i chefredaktören i hans kontor. Han är en tjock, sävlig femtioåring som alltid är klädd i en perfekt struken kostym och spegelblanka skor. Vi har tidigare bara bytt korta fraser med varandra, när vi har mötts i korridoren, för han visar sig sällan på centralredaktionen. Det enda jag har fått erfara om honom är att han har varit reporter och nyhetschef på Göteborgs-Tidningen. Jag har sett honom promenera i centrum med en betydligt yngre, smakfullt klädd kvinna och hennes hund.

Jag knackar på dörren, väntar en stund och stiger in och han säger myndigt:

– Du måste bestämma dig nu!

– Kan du inte vänta två dagar?

– Nej, det går inte! svarar han och viftar med flera ansökningar från journalister, lycksökare och självutnämnda begåvningar som söker vikariat på Bohusläningen.

– Jag måste ta mig en funderare, säger jag.

– Du får exakt en timme på dig!

Jag går till Annas husmanskost som ligger ett stenkast från tidningen på en bakgata. Det är ett enkelt matställe som blir allt sällsyntare. Jag känner mig hemma i den spartanska miljön, där maten är huvudsaken. Det är mest arbetare som besöker baren. Jag beställer hemlagad pannbiff med löksås och ett glas mjölk som kostar bara tjugofem kronor. Ingen an-

79

nanstans i Uddevalla kan man äta sig mätt och så gott för det låga priset.

Efter måltiden röker jag en cigarett till en kopp kaffe för att i lugn och ro fundera genom min knepiga situation. Om jag struntar i Bohusläningen riskerade jag bli arbetslös ifall Sydsvenska Dagbladet ger vikariatet till en annan journalist. Den risken vågar jag helt enkelt inte ta. Jag har inga marginaler för att göra ett sådant misstag.

Jag känner kolleger som har struntat i att de skrivit på ett anställningskontrakt, när de har erbjudits ett bättre vikariat, men det är inget alternativ för mig. Om jag bryter ett avtal, förlorar jag sannolikt referenserna för de åren som jag har vikarierat på Bohusläningen.

Jag får låna matställets telefon och ringer till den enda journalist som jag litar fullt på, redigeraren Annicka, som är ledamot i fackklubben och sambo med Kenny, en av de tarvligaste nattchefer som jag har mött. Hon ger alltid uppriktiga svar och har aldrig spridit illvilligt skvaller om kolleger.

– Jag och några andra kolleger vill att du ska vara kvar. Vi ska göra allt för att du ska bli fast anställd, säger hon.

Jag återvänder till chefredaktören som har anställningskontraktet klart framför sig på skrivbordet. Han ger mig kontraktet och jag synar det noga som Annicka rekommenderade så att jag får rätt betalt för min erfarenhet.

– Nå, har du bestämt dig? frågar han och kollar klockan. Du har några minuter kvar på din betänketid.

– Jag stannar på Bohusläningen, knöliga Sydsvenskan får skylla sig själv, säger jag och skriver under för ett vikariat på heltid från juni till augusti.

Bakvägen till yrket

Korrekturläsaren Maria går fram till mig när jag pratar med en typograf som på ett ljusbord håller på att montera en sida med texter och bilder efter en layout som jag har skissat på ett ark.

– Jag har en liten överraskning för dig, säger jag och ger Maria en kartong med en färsk bakelse. Det är tacken för att du kollar mina rubriker extra noga.

Hon öppnar kartongen och utropade glatt:

– Hur visste du att jag älskar prinsesstårta!

– Det visste jag faktiskt inte.

Jag har med hjälp av Maria löst en knepig situation. Tack vare henne hamnar inga av mina språkliga misstag i tryck och därmed har nattcheferna färre möjligheter att hacka på mig och förklara att journalisthögskolans utbildning är precis så värdelös som de anser att den är och att det vore bäst för mig att återvända till mitt tidigare yrke som finmekaniker.

– Jag stannar på Bohusläningen, säger jag.

Maria räcker leende ut sina armar mot mig som om hon vill gratulera mig med en omfamning men jag blir så överraskad av hennes spontana reaktion att jag inte kan förmå mig att agera.

– Jag blev mer eller mindre tvingad till det, påpekar jag.

– Vill du inte vara kvar då? undrar hon.

– Jag har inget emot det, men det kändes snopet att sedan behöva tacka nej till ett bättre vikariat på Sydsvenskan.

Jag är förtjust i den tjugotreåriga, vänliga kvinnan som drömmer om att bli journalist. Hon är en mjuk uppenbarelse som utstrålar ett stort tålamod som om hon betraktar omvärlden förlåtande utifrån. Det finns ett evigt lugn i hennes intensivt bruna ögon som säger att jag kan lita på henne i alla lägen.

Uppenbarligen har några reportrar fått kännedom om mitt vänskapliga förhållande till Maria, för deras intresse för henne har blivit omfattande.

– Göran har sagt att jag ska gå på journalistkurser. Ska lilla jag klara av det? undrar hon.

– Du är språkligt begåvad, svarar jag.

Jag har rekommenderat Maria att i första hand studera redigering, om hon verkligen vill jobba som journalist, eftersom det är brist på redigerare på lokaltidningar, och jag har påpekat att hon inte ska visa överdriven respekt för kollegerna bara för att de är journalister, för många har lyckats komma in i yrket med hjälp av vassa armbågar, intriger, lögner, cynism, rätta kontakter och de har en förstorad uppfattning om sig själva och sin kompetens.

De flesta av dem har en sak gemensamt: De vidareförmedlar myten om att det inte behövs någon utbildning för att bli journalist, det räcker med den talang som de anser sig besitta. Samma märkliga inställning finns hos somliga typografer. En av dem sade till mig på fullt allvar att man föds till typograf.

– Men om du vill slippa det påfrestande stöket på redaktionen ska du satsa på att bli frilans för tidskrifter vid sidan om ditt jobb, råder jag.

Jag befarar att Maria när som helst kommer att förföras av någon reporter. Det är ett öde som väntar många unga kvinnor som drömmer om att bli journalister. Göran utnyttjar sin ställning som ordförande för fackklubben genom att se till att tidningen varje sommar ordna vikariat till så många unga kvinnor som möjligt, så att han och andra fast anställda journalister kan roa sig med dem på fester på sommaren. Han vill bara ha kul med trevliga vikarier, men en och annan kollega utnyttjar skamlöst situationen genom att ge sken av att de kan få ett förlängt vikariat eller fast anställning i utbyte mot samlag.

Jag har hört talas om kvinnor som med hjälp av sex har gjort karriär och blivit kända och respekterade journalister. Jag tycker att de är smarta, de har utnyttjat manliga kolleger som tänker med könsorganet. Jag skulle antagligen ha gjort samma sak, om de få kvinnliga chefer som jag har träffat hade betett sig som kåta män.

Är Maria beredd att bli journalist med hjälp av sex? tänker jag när jag betraktade den värna kvinnan.

– Det finns kvinnor som gjort karriär genom att gifta sig med en journalist för att sedan gå sin egen väg i karriären, säger jag.

– Tycker du att jag också ska göra det? frågar hon.

– Nej, jag menar bara att det finns olika bakvägar till yrket.

Fest med bakslag

Jag känner mig missmodig när jag lämnar bordet, där jag har ätit och druckit medan jag tittat längtansfullt på Helena. Det är för hennes skull jag deltar på festen men hon pratar och dansar med alla utom med mig. Jag har fått bra kontakt med hennes mamma, som är lärare i tyska och svenska på gymnasiet i Varberg, för jag inbillar mig att Helena ska uppskatta det. Hon ursäktar dotterns uppförande som hon tycker är pinsamt.

Jag köper en flaska öl och tränger till mig en plats mittemot studierektorn Jürgen. Vid samma bord har Helena slagit sig ned vid sin mamma. Jag hör att de grälar. Innan jag hinner inleda en dialog med henne bjuds hon upp igen och mamman lämnar beslutsamt festen.

– Hur har du det med Berit? undrar Jürgen.

– Hon ska besöka mig i Uddevalla i juli, svarar jag, medveten om att han är orolig över att jag ska svika min flickvän.

Det är Jürgens förtjänst att jag är ihop med Berit. Han har förmedlat så många kontakter mellan tyskar och svenskar på intensivkurser i Hamburg, att jag har undrat för mig själv, om han tjänar pengar på det, för han klagar jämt över att hans lön är för låg i förhållande till hans tjänst på tyska institutionen.

En slank skönhet sätter sig bredvid mig och börjar teckna av mig medan hon presenterar sig som Lisbeth, studerar på Göteborgs konstskola och älskar att måla. Hon är så utmejslat perfekt klädd och sminkad att hon ser ut som ett dyrbart konstverk och hon beter sig som om det vore en ynnest för mig att hon har valt mig som objekt.

Festen är misslyckad för mig, inte bara för att Helena struntar i mig, utan också för att jag känner mig som en utböling. Det är för många okända, unga män som har kommit till festen. De flesta har inte studerat på tyska institutionen, men de dominerar med sin febriga jakt efter unga kvinnor.

Jag återvänder till ett bord där Helena pratar med en av sina beundrare, lärarkandidaten Sven-Åke, som den här gången satsar allt på ett kort i den hårda konkurrensen. Han gör det som jag är för stolt för att göra, han springer suktande efter henne hela tiden och nu brer han sig ut sig över bordet och vädjar om att hon ska följa med ut till dansgolvet igen.

Jag pratar med Pernilla medan jag kollar Helena som dansar hånglande med Sven-Åke.

— Helena struntar totalt i mig. Jag trodde att hon fixade festen för att hon ville återse mig, klagar jag.

— Ta det inte så allvarligt, hon vill bara ha kul i kväll, säger Pernilla och ger mig en tröstade klapp på kinden.

Jag dansar med Pernilla en stund och flera gånger stöter jag till Helena men hon ignorerar det. När jag återvänder till bordet, har Lisbeth fått nog av festen men hon vågar inte gå ensam till hållplatsen. Hon övertalar mig att göra henne sällskap ända till porten. Det har jag inget emot. Det är ändå meningslöst att stanna, eftersom jag känner mig som en främling på festen och Helena är fullt upptagen av beundrare.

Plötsligt utstöter Helena ett gällt skrik och faller ihop, men Sven-Åke fångar henne i sin famn och bär henne som ett byte till ett enskilt rum medan andra unga män klappar uppmuntrande händerna.

— Helena kan råka illa ut, säger jag.

— Hon kan ta vara på sig själv, svarar Pernilla.

— Hon är för full för det.

– Jag kollar, säger hon och skyndar sig till rummet.

Lisbeth och jag tar spårvagnen till Vasastaden medan vi betraktar tysta varandra. Jag vet inte vad jag ska säga till den unga kvinnan framför mig. Jag har en gnagande känsla av att hon bara har gjort ett tillfälligt besök i min kaotiska värld för att få inspiration för sitt skapande.

Vi stiger av vid ett pampigt stenhus från sekelskiftet med dyra bostadsrätter.

– Där uppe bor jag hos mina föräldrar, säger hon och pekar mot ett fönster.

Hon öppnar en tung dörr, vänder sig mot mig och säger:

– Om du har tid att besöka konstskolan någon gång så ska jag göra färdigt teckningen på dig. Du har ett vackert ansikte.

– Jag har en snygg snopp också, säger jag spontant så att hon fnissande stänger dörren.

Jag promenerar till ett litet hotell på en bakgata till Avenyn, där ett bokat rum väntar på mig. Jag har svårt att sova. Mina tankar kretsar kring Helena som betedde sig som om jag inte existerade trots att vi har studerat på samma kurs i tre terminer. Det gör mig ledsen och förvirrad.

Hon kanske är den typ som väljer den kille som kämpar hårdast om hennes gunst, tänker jag.

På morgonen är jag för trött för att göra en muntlig resttenta, så jag hoppar på spårvagnen direkt till centralstationen för att ta tåget till Borås. Jag behöver vila mig innan det är dags att jobba på Bohusläningen igen.

Snaggad signatur

Till min överraskning träffar jag Peter på tåget från Göteborg till Uddevalla. Vanligtvis kör han bil, eftersom han är utled på Statens järnvägars ständiga förseningar, men bilen står just nu i en verkstad.

– Varför har du inte klippt dig? undrar han medan han kliar sin snaggade, röda hjässa.

Peter har blivit så självsäker i sin yrkesroll efter två år på Bohusläningen att han har skaffat sig en älskarinna bland de unga vikarierna. Han anses vara tidningens stjärnreporter efter några lyckade reportage om Uddevallavarvets avveckling. Han grälar ständigt med nattcheferna om vad som var rätt journalistik och han påverkar ofta kolleger med spontana påhitt. Nu har han lyckats övertala de flesta manliga reportrarna på centralredaktionen att klippa håret kort. Till och med några kvinnliga vikarier har gjort det.

– Jag accepterar att du är snaggad och jag utgår från att du gör detsamma med mitt långa hår, säger jag.

– Jag skämtade bara, säger han och skrattar rått.

Vi börjar prata om kolleger på Bohusläningen, framför allt om redigeraren Irené som han kallar för Häxan, en mager, nervös kvinna med en lång, svart hästsvans och blixtrande mörka ögon. Hon kan få vem som helst ur psykisk balans med små medel.

– Häxan är den enda kollegan som jag fruktar, erkänner han. Hon förpestar arbetsmiljön med skvaller och lögner. Nu håller hon på att bilda ett gäng på Bohusläningen. Hon strävar efter att ta kontroll över redaktionen.

– Jag kan inte begripa varför Annicka umgås med Irené och försvarar henne i alla lägen, säger jag.

– Häxan har en hållhake på henne som med många på redaktionen, hävdar han.

– Nej, det finns absolut inget negativ hos Annicka som duger för det.

Annicka ser inte bara ut som en ängel i sina ljusa klänningar och i sin långa, blonda fläta utan hon är det också. Hon har mod att vara snäll i en nervig atmosfär på centralredaktionen. Jag känner mig lugn och trygg i hennes närhet för att hon flödar av empati som fungerar som en läkande balsam mot mina destruktiva tanka och känslor.

Hon offrade sin karriär på Göteborgs-Posten för att jobba som redigerare med en lägre lön på Bohusläningen för att hennes sambo Kenny jobbar där som nattchef. Han är en gnällig knöl, småelak och misstänksam mot kolleger. Han lämnade hustru och två barn när han förälskade sig i Annicka. Det fick hon erfara efter det att hon hade flyttat till honom.

Jag blir orolig för att jag för första gången har pratat negativt om Irené, även om det är min sanning. Peter kan använda det mot mig. Om kritiken når fram till hennes öron får jag garanterat mer problem med henne.

– Det vi har pratat om håller vi väl för oss själva, eller hur? säger jag.

– Det verkar som du också fruktar Häxan, säger han och skrattar rått.

Tåget krånglar som vanligt, det stannar en station före Uddevalla centralstation. Passagerarna måste ta bussen som anländer försenat till staden.

Efter ett besök hos en tandläkare stiger jag in på Bohusläningen och möter en leende Peter och två andra snaggade reportrar i korridoren.

– Varför klipper du dig inte? frågar de unisont och skrattar så att det ekar.

Skratten förföljer mig ända till centralredaktionen, där Annicka och Irené jobbar med nöjessidor. Jag sätter mig på min vanliga plats och väntar en stund med att besvara deras frågande miner.

– De skrattade åt min förklaring till varför jag kom för sent till tidningen, ljuger jag.

– Vad sa du då? frågar Irené.

– Jag sa att jag gick vilse i Uddevalla.

Tredje vikarien

Johanna pratar så snabbt och spontant att jag har svårt att följa hennes impulsiva tankar, medan vi promenerar omkring i Göteborgs centrum en solig lördag. Hon redigerar på samma pass som jag på Bohusläningen sedan två veckor tillbaka och jag känner henne redan bättre än de flesta andra på tidningen.

Hon är en gänglig, tjugofyraårig skönhet som döljer sin kvinnlighet med en luftig tygjacka och vida byxor och rejäla kängor. Hennes svarta hår är kortklippt som hos en kille och hon använder inget smink.

Det är reportern Göran som har övertalat Johanna att söka ett vikariat på Bohusläningen. De har gått på samma gymnasium som hyser elever från övre medelklassen i Stockholm. Han menar att jag behöver jobba tillsammans med en intelligent kvinna men han påpekade: Om hon inte duger för dig, får hon bli min musa.

Som fackklubbens ordförande har han inflytande över vilka vikarier tidningen anställer. På min första sommar som vikarie fixade han en mullig kvinna med finskt ursprung för mitt pass. Hon var besatt en smärtsam längtan efter fysisk närhet. En kväll bjöd hon mig på middag och vin på Uddevallas dyraste restaurang och pratade hela tiden om att hon inte skulle uthärda en hel sommar utan samlag. Hon följde med mig till min bostad, för jag var i samma situation som hon.

Den andra sommaren ordnade Göran en trettioårig, sprallig kvinna vid namn Lise-Lott. Hon struntade totalt i kvinnliga koder, hon rökte cigarill, snusade och drack sig berusad på fester utan hänsyn till sin magra, lilla kropp. Hon studerade på journalisthögskolan i Göteborg för att hon trodde att det yrket skulle passa hennes personlighet. Hon var också kärlekskrank, men det gällde bara kvinnor.

Jag visar Johanna några platser som betytt mycket för mig under de tio år som jag bodde i Göteborg medan hon oavbrutet pratar om sig själv. Vi fotograferar varandra framför statyn Poseidon som ståtar längst upp på Avenyn, vi kollar de gamla mästerverken på konstmuseet, vi promenerar i Slottsskogen och äter på Köttbullebaren i saluhallen.

Hon berättar att hon föddes i Visby men har tyskt medborgarskap för att hennes pappa är från Västtyskland. Efter examen på journalisthögskolan i Stockholm har hon avverkat fem vikariat på olika tidningar runt om i Sverige och hon tvivlar på om hon orkar fortsätta med det flackande livet. Hon längtar ständigt efter sin lilla lägenhet på Söder. Den stadsdelen är densamma som huvudstaden för henne.

– I höst ska jag gå på en utbildning i konsthantverk, för jag funderar på att inrätta en verkstad i mitt hus på Gotland som jag har ärvt av mormor, berättar hon forcerat som hon vill att jag ska veta allt om hennes liv så snabbt som möjligt.

Hon har haft ett förhållande med en äldre man med spanskt ursprung men det avslutades i våras när hon uppdagade att han var otrogen och nu söker hon en ny partner.

– Jag vill ha en viril man som jag kan lita på i ur och skur, säger hon med blicken riktad mot mig på andra sidan bordet på ett kafé vid Avenyn.

Det låter ju som serverat för mig, tänker jag, men jag varken kan eller vill nappa på det läckra betet, eftersom jag bara har min älskade Berit i tankarna och längtar efter hennes ankomst till Uddevalla.

91

Sorgliga händelser

Jag blir verkligen besviken om inte Sven-Åke kommer, säger Pernilla med en irriterad ton, medan hon häller upp läsk för Helena och mig.

– Han kommer, han har lovat det, säger jag.

Sven-Åke är rejält försenad till vårt möte hos Pernilla. Vi ska köpa ett körsbärsträd för Niklas som körde ihjäl sig för tre veckor sedan. Vi ska plantera det framför hans fönster till föräldrarnas villa. Han klagade ofta på att utsikten från hans rum var långtråkig, han såg bara en gräsmatta och en häck.

Efter några livliga diskussioner om vilket växt vi skulle välja föll valet på Helenas förslag för ett körsbärsträd, eftersom den blommar överdådigt på våren och får vackra, röda bär på hösten till glädje för fåglar. I dag ska vi plantera det framför Niklas fönster. Hans föräldrar har markerat platsen med en spade.

Vi har återhämtat oss från chocken av Niklas oväntade död men Helena kan fortfarande få plötsliga gråtattacker, när hans namn nämns. Han var en prydlig, snäll tjugotreåring, en dröm för vilken svärmor som helst och omtyckt av alla som lärde känna honom.

Jag hade ett långt samtal med Niklas några dagar innan han körde av vägen med föräldrarnas bil. Han var deppig för att han hade misslyckats med fördjupningsarbetet i tyska. Han teg om det för sina föräldrar, han vill inte göra dem besvikna, för de förväntade sig att han skulle gå i deras fotspår.

Han förklarade att han hade totalt tappat intresset för att slutföra utbildningen till gymnasielärare.

Det är en krävande uppgift att klara tre terminer tyska på heltid på universitetet, även om eleven bara siktar på att få godkänt och har goda förkunskaper i språket. I början var vi ett tjugotal elever och på den sista tredje terminen återstod åtta men det är endast Helena, Pernilla och Sven-Åke som har klarat alla uppgifter och tentor. Jag ligger efter med fördjupningsarbetet.

Det ringer på dörren.

– Jag öppnar, för jag ska verkligen skälla ut Sven-Åke, säger Pernilla.

Hon utstöter plötsligt ett gällt skrik, vi rusar in i hallen och där står Sven-Åke med ett sönderslaget, svullet ansikte med blåmärken, en utslagen framtand, sned näsa och glasögon med ett sprucket glas.

– Herre gud så du ser ut! utropar Helena.

– Jag cyklade omkull på väg hit, säger han. Jag hade tur i oturen, det kunde ha slutat mycket värre.

Hon lämnar gråtande hallen, sätter sig på huk i soffan med händerna framför ansiktet. Sven-Åke följer efter och sätter sig bredvid och tröstar henne. Pernilla knuffar sig mellan dem med en omfamning.

Varför ska snälla, goda människor drabbas av elände när det finns gott om onda typer som förtjänar det? tänker jag.

– Det är bäst att Helena och Sven-Åke stannar här, föreslår Pernilla.

Vi sätter oss i en hyrbil och åker till en trädgårdshandel och väljer med omsorg ett litet körsbärsträd. Sedan kör vi till Mölndal, där Niklas föräldrar bor i ett kvarter med samma slags villor, häckar och gräsmattor.

Pernilla kan inte låta bli att titta genom Niklas fönster. Rummet tycks vara i samma skick som han lämnade det för sista gången. Det verkar som om föräldrarna förseglat det för att bevara minnet intakt av sitt enda barn.

– Jag misstänker att Niklas begick självmord, säger jag medan jag gräver en rejäl grop.

– Det var absolut en sladdolycka, säger Pernilla tvärsäkert.

– Han ville att det skulle se ut som en olycka så att föräldrarna inte skulle anklaga sig själva för hans död.

– Det tror jag inte alls på, han var för snäll för att göra något sådant dumt mot sina föräldrar.

Jag placerar trädens rötter mitt i gropen, fyller den med vatten och gödslad jord. Pernilla hänger upp en bild på en gren som föreställer en leende Nicklas tillsammans med andra elever på tyska institutionen med texten: Vi saknar dig.

Bristfällig kompetens

En ung, vikarierande korrekturläsare dyker upp på centralredaktionen med en artikel med rubriken Psykvård allt sämre som jag har skrivit.

– Så där kan du inte skriva, säger hon med en tillrättavisande ton. På riktig svenska heter det Den psykiatriska vården blir allt sämre.

– Läsarna är inte så dumma att de inte fattar vad rubriken vill säga, svarar jag irriterat.

– Det får chefen avgöra, eftersom du inte hade något mandat att fatta ett sådant beslut, påpekar hon spydigt.

Nattchefen Kenny är upptagen i telefon, så i stället får korrekturläsaren diskutera rubriken med hans sambo Annicka. Hon lyssnar tålmodigt på den unga kvinnans argument, för hon tar alla medarbetare på allvar oavsett vilken uppgift de har på Bohusläningen.

Annicka vet mycket väl varför jag har skrivit psykvård, har strukit verbet och den bestämda attributen och varför nattchefen har godkänt rubriken. Det kallas rubrikspråket, ett språk som jag lärde mig på journalisthögskolan och som utvecklades av de stora dagstidningarna under fyrtiotalet. Det tillåter att man tar bort onödiga ord ur en mening och använder kända förkortningar, för annars blir rubrikerna för långa och pratiga.

Av den anledningen hamnar jag ibland i dispyt med vikarierande korrekturläsare, innan de fattar att det finns särskilda regler för rubriker.

Annicka rättar rubriken till Den psykiatriska vården blir allt sämre. Jag vet att hon gör det för korrekturläsaren skull, för hon är för ung och oerfaren för att klara av en motgång inför journalister på centralredaktionen.

Korrekturläsaren dansar leende ut ur centralredaktionen. Hon har fått visa hur duktig hon är och har till och med fått rätt mot en redigerare. I sin glädje går hon av misstag förbi dörren till sätteriet på ovanvåningen, där korrekturet också huserar.

– Det är hit du ska! ropar jag och öppnar dörren med en artig gest för henne.

Jag hyser inget agg mot korrekturläsaren trots att hon verkar vara den typ som vill visa framfötterna på andras bekostnad. Jag har redan mött så många sådana medarbetare att jag utgår från att de ingår i en tidnings arbetsmiljön.

Den ordinarie korrekturläsaren Maria sköter sitt jobb diskret. Hon ringer alltid till redigerarna och reportrarna och frågar om hon ska korrigera en formulering eller inte. Så arbetar kollegiala medarbetare och så agerar jag också, när jag redigerar reportrarnas texter för att rädda dem från pinsamma misstag.

Jag går upp till sätteriet och ställer mig vid en typograf som ska montera sidan på ett ljusbord och vi konstaterar att texten inte får plats för att rubriken nu är på två rader. Jag kapar ett stycke i texten för att artikeln ska passa i det givna utrymmet. Jag är medveten om att reportern kommer att klaga över förkortningen hos någon chef men det finns ingen tid för att skriva ut en ny rubrik. För typograferna spelar det ingen roll, i nödfall kapar de hej vilt i bilder och texter för att få sidan klar i tid före tryckningen, eftersom förseningar är kostsamma.

Jag städar skrivbordet, det är midnatt och jag har avslutat en stressig kväll och framför mig har jag ytterligare fyra kvällspass i ett sträck. Jag vattnar krukväxter på centralredaktionen som jag har lovat Annicka att göra. Hon och jag är de enda som bryr sig om plantorna. Sedan lägger jag mig i vilorummet för att sova, för jag är för trött att gå till min lilla lägenhet utanför centrum.

Splittrade bröder

Jag hinner knappt stiga in i min mammas lägenhet förrän hon kommer rusande emot mig.

– Lars har börjat dricka igen, säger hon upprört. Han har varit i slagsmål på Grand hotell, han har slagit Yvonne. Du måste prata med honom. Du är ju hans bror, han lyssnar bara på dig.

– Han var ju förtvivlad över att hon blev gravid med en annan kille, men han har lugnat ner sig, jag har redan pratat med honom, svarar jag behärskat.

Mamma har fallenhet att alltid befara att det värsta ska inträffa. Det hänger samman med hennes dramatiska uppväxt. Kommunisterna beslagtog familjens gård i Ingermanland i slutet av trettiotalet. Innan familjen skulle deporteras till en avlägsen ort flydde de till fots till Finland. Strax efter kriget fortsatte deras flykt till tryggheten i Sverige, eftersom Sovjetunionen krävde att ingermanländarna skulle utlämnas.

Lars har bara bott två veckor hos mamma men han är redan utled på att hon lägger sig i hans liv och snokar i hans prylar. Jag har förklarat att det beror på att hon är orolig för honom. Hon vet hur uppslitande en separation kan vara efter att själv ha genomgått två skilsmässor.

Han har lovat sig själv att inte vädja till Yvonne om att få komma tillbaka till henne som han gjorde vid den förra krisen som berodde på att hon förde över flatlöss på hans könshår efter att ha varit otrogen. Han har helt enkelt insett att det inte finns någon återvändo, den nya partnern har redan flyttat in hos henne och barnen medan Lars väntar på att snart få ta över en mindre hyreslägenhet.

Det var för tio år sedan på sommaren som Lars och jag förälskade oss i varsin gullig, artonårig blondin från Borås förorter. Yvonne blev omedelbart gravid medan min flickvän förnuftig nog propsade på kondom, så att vi slapp ödet att bilda familj i unga år.

Efter två år avslutade jag förhållandet genom att säga att jag i fortsättningen ville leva singel. Hon bara vände sig sonika om utan att säga någonting och promenerade in på centrums gågata medan jag följde henne med blicken tills hon försvann i mängden. Jag kände mig eländig efteråt, men min längtan att förverkliga mina drömmar i Göteborg var starkare än att leva tillsammans med henne.

Lars fick däremot ge upp sina drömmar om att utbilda sig till illustratör för att i stället montera persienner för sina två yngre halvbröders firma som de har fått ta över av deras pappa. Flickvännen fick två söner i en rask följd och han måste jobba extra för att klara ekonomin, innan hon fick en tjänst som vårdbiträde.

När Lars dyker upp har mamma lugnat ner sig. Vi skjutsar henne till några vänner som ska festa tillsammans i Varberg i några dagar. Vi åker vidare till badplatsen Almenäs vid Öresjö, där många boråsare av tradition firar midsommar.

– Jag har fått anställning på en annan persiennfirma. Jag ska serva gamla kunder, för jag står inte längre ut hos Johan och Jonas. De satsar på medarbetare utan erfarenhet, men mig förödmjukar de som om jag vore är ett tjänstehjon, förklarar Lars.

Han ska arbeta tillsammans med sin vän Axel som också har jobbat hos våra halvbröder, för villkoren och lönen är bättre hos den konkurrerande firman. De funderar också på att öppna en egen firma inom branschen.

– Johan och Jonas har drabbats av storhetsvansinne. De håller på att utvidga firman till Göteborg och Stockholm. Pengarna för satsningen får de genom att hjälpa Jakob att göra svarta affärer med konst och antikviteter, berättar han.

– Det är bäst att undvika dem så gott det går, för deras pappa har köpt deras lojalitet, säger jag. De har till och med förbjudit mamma att säga något som påminner honom om att han förnedrade och misshandlade henne under deras äktenskap och plundrade boet med sin sextonåriga, gravida älskarinna.

– Som journalist skulle du ju kunna skriva om hans kriminella verksamhet, föreslår Lars.

– Jag vill inte ens ta i det med tång. Jag mår illa bara av att tänkta på den psykopaten. Det är bättre att vi tipsar skattemyndigheten, säger jag.

– De kommer inte åt honom, han har fixat det så, att familjen lever på hustruns inkomst och han betalar bara kontant för Johans och Jonas svartjobb.

Vi kör in på badplatsen Almenäs parkering och blir vittnen till ett våldsamt slagsmål mellan två berusade män om en gråtande kvinna. De slår och sparkar vrålande på varandra framför bilen så att det stänker blod på motorhuven. De tycks vara helt bindgalna av ilska mot varandra. Polis anländer i tid för att förhindra en dödlig tragedi.

– Det var ju en typisk inledning på midsommar i Borås, konstaterar Lars som vet vad han talar om, han har alltid bott i staden.

– Nu fattas det bara att det ska börja regna också, säger han och blickar mot några hotfullt mörka moln.

Det är fullt med familjer och ungdomar på gräsmattan och stranden på Almenäs. Många har dukat upp sill, färsk potatis, gräddfil och jordgubbar och föräldrar och barn dansar runt en midsommarstång till musik från två glada spelmän med fiol och dragspel.

– Din ungdomsflamma är här, påpekar Lars.

– Ja, jag ser att hon dansar runt midsommarstången, säger jag. Hon är ju mycket vackrare än för tio år sedan.

Lars berättar att hon är ensamstående med en femårig son och har utbildat sig till bibliotekarie. Han träffade henne nyligen när hon ställde ut sina konstverk.

– Vill du prata med henne om den gamla, goda tiden? undrar han. Hon kanske väntar på att du ska göra det, för hon har sett dig.

– Nej, jag har dåligt samvete över att jag avslutade relationen som om den inte betydde något för mig, svarar jag undvikande men i själva verket är jag för feg för att möta de konsekvenser som ett samtal med henne kan ge upphov till.

Festligt för vikarier

På väg till en fest på fartyget Marieholm vid Masthuggs-kajen ser jag prefekten Robert stiga av en spårvagn på Järntorget. Jag springer ifatt honom. Han blir glad över att träffa mig igen. Han undervisade mig i redigering på jour-nalisthögskolan för tre år sedan.

– Hur går det med din bok Vikarien? frågar han.

– Den är snart klar, svarar jag.

– Jag ser fram emot att kolla den åt dig, för du har sagt att den skildrar vikariernas eländiga situation.

– Det stämmer, jag skriver helt ärligt om det.

Han är på gott humör och ser också fram emot festen på Marieholm, som Lise-Lott och några andra arbetslösa journa-lister har arrangerat. Det är hon som har bjudit mig och Ro-bert dit. Hon har lovat att många journalister och några lokala kändisar kommer. Festens överskott ska skänkas till forskning om sjukdomen aids som skördar allt fler offer.

Jag och Robert anländer i tid men som vanligt är inte ens hälften av gästerna på plats. Det är typiskt! tänker jag irrite-rat. Det verkar som om många har satt det i system att kom-ma för sent till en fest för att slippa vänta på de som inte är punktliga.

Jag väntar med en grogg i handen, medan jag går av och an på Marieholms däck och njuter av solen som speglar sig bländande i havet. Jag tänker sentimentalt på min tid som finmekaniker på Cityvarvet som ligger mitt emot fartyget på

102

andra sidan av Göta älv. Men jag längtar inte tillbaka dit, för skeppsvarvens produktion krymper för varje år i krisens spår.

Till slut dukas det fram rött vin och rosastekt kött med grönpepparsås och en lokal trubadur framför visor av Evert Taube. Vid mitt bord sitter fyra andra vikarier. De lovordar maten som är godare än förväntat trots lågt pris.

Vi börjar prata om vikariernas knepiga situation. Vi konstaterar att hög utbildning inte automatiskt ger en fast anställning och en anständig lön på tidningar, utan man måste också passa in i gänget som härskar på varje redaktion. Det kan vara allt från att ha en snygg kropp till en rätt jargong.

– Jag har försökt vara till fördel för Bohusläningen i snart tre år och jag är fortfarande bara en lågavlönad vikarie, säger jag. Det känns som om cheferna i förväg har bestämt att utnyttja mig till den sista droppen.

– Det handlar mycket om tur. Jag hade blivit anställd, om en överårig reporter hade accepterat avgångsvederlag, säger en ung man som nyligen lasats ut från Göteborgs-Tidningen.

– Det finns visserligen många fler lediga tjänster exempelvis i Norrbotten och i Småland än i Göteborg, men lönerna är för låga för att det ska vara värt flytten, konstaterar en tjugofyraåring som har ett vikariat som informatör på Volvo.

Lise-Lott sätter sig mittemot mig, hon är missmodig om sin framtid. Jag tycker om den trettioårige kvinnan, för hon är en originell personlighet. Hon är rangligt smal, har stretigt, blont hår och ett magert ansikte. Hon har studerat på universitetet och på journalisthögskolan, hon spelar gitarr och piano, snusar en dosa om dagen och har ärvt en segelbåt.

Hon är fortfarande besviken på Göteborgs-Posten. Hon tackade nej till ett vikariat på Arbetet, när hon erbjöds att hoppa in på Göteborgs-Posten som reporter med chans för en fortsättning. Efter en vecka fick hon ett kort meddelande om att hon hade fått avslag på vikariatet.

– Jag funderar på att segla resten av sommaren, säger hon.

– Det blir svårare att få jobb, ju längre man är arbetslös, påpekar jag.

– Ja, jag vet det, men jag är för sent ute. Jag har frågat alla här om jobb utan resultat.

– På Bohusläningen har en redigerare hoppat av, hon fick ett bättre jobb på en annan tidning, säger jag. Lova mig att du kollar om tjänsten fortfarande är vakant, för det vore kul att jobba med dig igen.

– Jag lovar! utropar hon och kramar mig.

Klockan är kvart i elva på kvällen och jag måste lämna festen för att hinna med den sista bussen till Uddevalla. Jag letar efter Robert och hittar honom i en dunkel kabyss, där han pratar med några unga kvinnor sittande på kuddar på golvet. Han är sluddrande berusad och har placerat en hand på en fnittrig kvinnas lår.

– Jag hör av mig så snart jag har skrivit klart min bok Vikarien, säger jag.

– Det har du sagt i två år nu, tror jag, påpekar han och skrattar.

Häxan på hugget

rené sitter mittemot mig vid ett skrivbord på centralredak-
tionen på Bohusläningen och pratar medvetet högt med
en vän i telefon medan jag kämpar med att formulera en
passande rubrik till ett referat för en sida med nyheter från
Mellerud.

Hon håller handen för luren och säger leende:

– Jag pratar med den kvinna som du tycker har en trevlig
röst. Vill du träffa den så kallade Rösten? frågar hon.

– Nej, svarar jag med en avvärjande gest. Det klarar jag
absolut inte av.

Irené försöker ibland para ihop vänner med någon man-
lig journalist på Bohusläningen. Hon och Rösten har studerat
samtidigt på journalisthögskolan i Göteborg. Nu jobbar hon
på stadens minsta tidning, som har två tusen prenumeranter
och delas ut en gång i veckan.

– Håller Häxan på med sina jävla intriger igen? viskar re-
portern Peter till mig när han kommer förbi för att lämna en
färdig artikel till nattchefen Daniel.

Peter och några andra manliga reportrar kallar Irené för
Häxan för att de utsätts för hennes plötsliga utbrott, fräcka
och elaka kommentarer. Deras fejd har också skapat osämja
mellan dem och hennes sambo som redigerar på tidningen.
Hon har tämjt den tystlåtne, bildade mannen. En gång sade
hon inför kolleger: Jag föredrar att ta emot min hingst utan
kondom, för jag behöver smörjas in för att kunna jobba.

Irené försöker vädjande övertala vännen att träffa en kollega i kväll medan jag vrider mig av vånda. Jag har inget emot att lära känna en okänd kvinna med en behaglig röst, men det får inte vara arrangerat av andra, för det känns konstlat.

– Han är desperat! Han är ungkarl. Hur han ser ut? Det får du själv bedöma. Det är ju en smaksak, förklarar Irené och lägger på luren, hon vänder sig mot mig och säger:

– Rösten kommer till pressklubben, men du behöver inte vara orolig, det är Daniel hon vill träffa.

Jag drar andan av lättnad och hon ger Daniel en menande blick och han gör tummen upp. Han har nyligen skilt sig och känner sig ensam i sin provisoriskt möblerade lägenhet i Uddevalla.

Han är ett perfekt byte för en kvinna som vill få in en fot på Bohusläningen, tänker jag.

Vid midnatt följer jag med Irené och Daniel till en krog i centrum, som fungerar som en pressklubb för stadens journalister en gång i veckan.

– Var redo, snart kommer Rösten, ropar Irené.

Rösten gör entré med yviga gester som om hon stiger in på en scen inför en publik. Det är en vältränad kvinna i en kort klänning och en genomskinlig blues. Hon hälsar på alla och sätter genast i gång att prata om sig själv, framför allt om sina två stora intressen, att hoppa i fallskärm och klättra i berg. Hon sitter mitt emot mig mellan Peter och Daniel utan att växla några ord med mig. Jag antar att hon uppfattar mig som en nolla för att jag inte har något inflytande på tidningen, men det stör mig inte ett dugg, för jag vill bara dricka mig lagom berusad och lyssna på kollegernas senaste skvaller.

Hon fortsätter att prata om sitt äventyrliga liv trots att Peter tydligt visar att han redan har tröttnat genom att nosa ljudligt på blommor på bordet medan Daniels blickar smeker hänryckt hennes perfekt formade bröst som skymtar bakom

106

den tunna blusen.

Till slut reser Peter sig, han vill gå hem och jag följer med ut på gågatan.

– Jag har fått huvudvärk, Rösten pratar alldeles för mycket, konstaterar han.

– Hon har i alla fall fått Daniel på kroken, säger jag.

– Det tror jag också, han är tillräckligt dum för att ge sig in ett förhållande igen.

Jag återvänder till puben och sätter mig med ett glas öl i ett dunkelt hörn, för jag vill inte störa Daniel och Rösten som håller om varandras händer medan Irené förklarar entusiastiskt att de passar perfekt ihop.

Ansikte i toppform

Maud nynnar i toaletten medan hon pudrar sig för att ansiktet ska vara perfekt sminkat för ett besök på en restaurang i Uddevalla. Hon anlände helt oväntat i eftermiddags på väg till Göteborg för att städa och laga mat hos sin skröpliga mamma och åka vidare till Jönköping för att kolla en kille som hon tror är ett fynd. Doften av hennes dövande parfym fyller redan upp min lilla lägenhet på ett rum med en kokvrå. Jag inser att det blir knepigt att utplåna alla spår efter henne, innan min flickvän Berit anländer.

– Kan du kolla om jag har tillräckligt med kontanter i plånboken, jag vill betala för oss på restaurangen.

Jag rotar fram plånboken i Mauds enorma handväska som innehåller allt som en kvinna som hon behöver.

– Du har nio hundra femtio kronor, säger jag. Det räcker mer än väl.

Jag tror att anledning till att en kvinna vill att jag ska titta i hennes handväska är att ge mig en vink om att hon är förberedd för nästa steg. Maud har både kondomer, p-piller och våtservetter i väskan. Men jag har ingen tanke på att ha sex med henne, det hade jag inte heller när hon utan varsel dök upp hos mig och min mamma i Borås i våras.

Hon charmade mamma med sin flickaktiga uppsyn. Hon gillar kvinnor som ser prydliga ut och klär sig i klänning. När hon nattade Maud hörde jag henne säga att hon skulle vara en perfekt partner för mig.

Jag kände mig mest besvärad av Mauds besök, för hon kramade mig hela tiden och tog spontant i mig som om hon på sätt laddade sig själv med min energi. Jag höll på att kvävas av hennes intensiva närvaro.

– Nu är jag och mitt ansikte redo att möta verkligheten i Uddevalla, säger hon och jag konstaterar att hon den här gången behövde fyrtio minuter för att göra sig presentabel.

Vi tar taxi till restaurangen i centrum, för hon vill att ansiktet ska vara perfekt när vi sätter oss till bords. En servitör kommer med två rykande varma pizzor, Gudfader för Maud och Maffia för mig, och två glas vin medan jag undrar för mig själv hur hennes lilla, knubbiga kropp kan äta så mycket. Hon är bara ett hundra sextiotvå centimeter lång men hennes vikt är hennes hemlighet.

– Jag har täckt alla mina odlingar med plast, säger hon. Jag är rädd för att radioaktivt stoft från kärnkraftsolyckan i Tjernobyl ska komma med regnet.

– Du oroar dig för mycket, det är norra och mellersta Sverige som drabbas av nedfallet.

– Jag vill vara på den säkra sidan.

– Precis som med kondom och p-piller, säger jag.

– P-piller skyddar inte mot aids och hemska könssjukdomar, heller hur?

Hon käkar upp hela pizzan och vi äter glass med choklad som efterrätt och dricker ytterligare ett glas vin medan hon pratar om sin risiga skånelänga på Söderslätt som ständigt måste repareras och om kökets renovering som aldrig tycks bli klar och om sitt stressiga jobb som sjuksköterska på Malmö sjukhus. Allt det vet jag redan genom hennes utförliga brev. Vi har skrivit till varandra sedan vi träffades på tåget från Hamburg till Göteborg i vintras.

– Du finns alltid i mina tankar, säger hon. Du är en god människa. Du skulle aldrig skada mig.

– Du har fina tankar om mig men jag tvivlar faktiskt på om jag förtjänar dem, jag har dåliga sidor också, invänder jag.

När vi återvänder till min lilla lägenhet går hon genast till toaletten för att göra sig i ordning. Vi ska för första gången sova tillsammans, eftersom jag bara har en säng. Jag undrar för mig själv varför hon behöver så lång tid i toaletten även före läggdags. Hon kanske letar efter hårstrån på kroppen att ta bort, tänker jag.

Hon kommer ut klädd i ett vitt nattlinne och slinker med en självklarhet in i min famn i sängen.

– Hur tycker du att jag ser ut? frågar hon.

– Du är vacker på ett personligt sätt, svarar jag undvikande, för jag vill inte att hon ska börja gråta som hon gjorde i Borås, när jag antydde att hon borde gå ner i vikt och äta mer grönsaker och frukt.

– Tycker du att jag ska banta?

– Det behöver du inte göra för min skull.

– Du tycker visst att jag är tjock!

– Du duger som du är för vilken kille som helst.

– Det var snällt sagt, säger hon och kurar ihop sig i min famn och somnar omedelbart.

Fiske och kärlek

Efter några timmars fiske i en liten sjö några mil utanför Borås har jag och min flickvän Berit bara krokat ynkliga abborrar och mörtar.

– Vi testar fisket vid mynningen, föreslår jag och pekar mot en smal å som ringlar ut i sjön som ramas in av urgamla ekar, blommiga ängar och släta klippor.

Berit tvekar, för det börjar skymma. Hon är orolig över att vi ska komma vilse i mörkret. Vi har tillbringat några intensivt kärleksfulla dygn i en gammal, röd stuga som min bror och mamma hyr. Den ligger på en kulle med utsikt över sjön och skogen. Vi trivs med det primitiva livet med utedass, vedspis, fotogenlampor och vatten från en brunn och bad vid en klippig strand.

En enda gång har vi störts av besökare. De kom gående på grusvägen som löper igenom skogen. Det var två unga, välkammade män som var klädda i svart kostym, vit skjorta och slips. Det förvånade mig att sådana typer hittade ut i ödemarken. Jag gick dem till mötes medan Berit väntade i stugan för säkerhets skull. Det visade sig att de var från Jehovas vittne och ville prata om gud och sälja tidskriften Vakttornet. De var antagligen ute efter att värva ensamma åldringar som fortfarande bor i stugor runt sjön.

Jag lyckas övertala Berit att fiska ett tag till, jag ror till andra sidan av sjön och ankrar vid åns mynning. Jag agnar krokarna med mask och vi låter flötena föra betena med ström-

111

men ut i sjön. Det nappar hela tiden men det är bara mörtar.

När jag håller på att kroka av en mört, försvinner Berits flöte djupt under vattenytan. Hon börjar veva in och möter genast på ett tungt motstånd. Först tror jag att fisken har fastnat i vegetationen för att i nästa ögonblick inse att hon har fått en bjässe på kroken, för spöt böjer sig i en båge ner i vattnet.

– Ta det lugn, Berit! utropar jag upphetsat. Låt fisken kämpa sig trött innan du vevar in den.

Jag gissar att det är en abborre, eftersom den kämpar tungt och gör vilda rusningar med strömmen men efter några minuter är den plötsligt utmattad och Berit kan veva in fisken meter för meter tills vi ser att det är en braxen.

Jag håvar upp braxen i båten. Vi beundrar den blänkande fisken som väger omkring tre kilo. Det är det största exemplar som jag hittills har sett.

– Den kan vi ha som middag i morgon trots Tjernobyl, föreslår jag och ror tillbaka till den andra stranden medan solen försvinner bakom träden.

Jag utgår från att olyckan på det ukrainska kärnkraftsverket i Tjernobyl i slutet av april inte har påverkat fisken, men i höst kommer jag inte att plocka kantareller, lingon och blåbär som det finns gott om i skogen, eftersom radioaktivt stoft har fallit med regnet över stora delar av Västergötland.

Jag fotograferar Berit med braxen vid stranden. Hon ler lyckligt över sin fångst. Den här sommaren har hon blommat upp. Hon rör sig mer utmanande kvinnligt, har låtit håret bli längre och vågigt, har tagit bort störande hårstrån från kroppen och har låtit putsa sina tänder kristallvita. Hon visar ohämmat sin lust och njuter av mina blickar när hon klär av sig och hon tar mer bestämt tag i mig som om jag vore hennes ägodel. Till och med skötet har förändrats, den utsöndrar mer sekret och är känsligare än tidigare.

Efter vår vistelse i naturen ska vi återvända till Uddevalla, för jag måste jobba igen. Under två veckor har vi hunnit besöka Göteborg och göra utflykter till idylliska byar utmed den bohuslänska kusten, eftersom jag jobbar på kvällar.

Berit blev barnsligt glad när jag fixade biljetter till Hoola Bandoolas konsert utomhus vid kusten. Jag gjorde det för hennes skull, för jag avskyr spekulativa musiker som låtsas vara proffs. Jag plågas av att se Mikael Wiehes tjocka fingrar misshandla gitarren och att höra Björn Afzelius sjunga deras banala låtar med en nasal stämma som om han vore en berusad student. De profilerar sig som ett progressivt band, en satsning som ger dem goda inkomster.

Vi återvänder till stugan, jag tänder en rejäl brasa i kaminen så att det snabbt blir varmt medan Berit dukar fram bröd och vin. Vi sitter nakna mitt emot varandra och äter tysta till ett svagt ljus från en fotogenlampa medan vi lyssnar på en uggla som hoar som vanligt i närheten av stugan.

– Jag är gravid, säger Berit.

– Är du säker på det? frågar jag.

– Ja, jag borde ha fått mens för en vecka sedan.

Ensamma ungkarlar

Göran och jag lämnar skyndsamt centralredaktionen klockan halv ett på natten, vi har gjort färdigt de sista sidorna för Bohusläningen och vi hoppas att några kolleger ska vara kvar på krogen, där det hålls en pressklubb för journalister i Uddevalla varje tisdag.

Under de kvällar som jag har jobbat tillsammans med Göran, han som inhoppande nattchef och jag som redigerare, har jag lärt känna en vänlig sida av honom. Han är sympatisk och personlig och funderar på livets mening. Tidigare uppfattade jag honom som arrogant, överlägsen och påstridig.

Som fackklubbens ordförande blev det Görans uppgift att ge mig det efterlängtade beviset på att jag är en fullvärdig medlem i Svenska journalistförbundet: presskortet. Jag tog emot det med stolthet och han sade: Nu är det dags för dig att visa att du är värt det!

Han är en ståtlig, mörkhårig man i trettioårsåldern som har varit sambo med en tjusig vikarie på Bohusläningen. Deras förhållande tog slut, när hon flyttade till Stockholm och blev en känd personlighet på Sveriges television. Han är fortfarande bitter över att hon skippade honom när hon gjorde karriär.

Utanför porten till krogen möts vi av ett galler, den har stängt en timme tidigare och inga andra än vi vistas på gågatan. Vi beslutar att gå till reportern Peter, för kolleger kan ha följt med honom för att fortsätta att umgås i hans lägenhet.

114

– Du borde jobba som reporter, du skriver ju bra, säger Göran. Jag har läst ditt reportage om alkoholiserade varvsarbetare i Uddevalla.

– Nyhetschefen ville inte ens ha det gratis, så jag sålde det till en facktidning. Han anser att det räcker med att en reporter bevakar Uddevallavarvets nedläggning, förklarar jag.

– Det var tur att du frågade nyhetschefen först, annars hade du fått sparken, säger han.

Det börjar ösregna så att vi måste ta skydd i en port och vänta. Vi pratar om kvinnor, jag om min älskade Berit som nyligen har återvänt till Hamburg och Göran om en ung vikarie som häromdagen blodade ner hans säng. Han är ungkarl och vill vara det ett tag till.

– Jag såg din före detta kärlek i teve i går, säger jag.

– Hon är en nolla, hon utnyttjade mig.

– Jag tycker att hon är jävligt grann.

– Hon har platta bröst, stora fötter och hon snarkar.

– Men du gillade henne ändå.

– Hon var mitt livs kärlek.

– Det gör ont att förlora den man älskar.

– Ja, det gör jävligt ont.

Vi beslutar att fortsätta till Peter i det kraftiga regnet. Vi springer till hans lägenhet och hinner bli dygnblöta innan vi kommer fram. Redan i trappuppgången hörs skratt och rop från kolleger. De flesta har hamnat i Uddevalla för att de vill jobba som journalister. Göran kommer från Stockholm, Peter från Malmö och de lindrar sin hemlängtan med att umgås med kolleger i samma situation.

En ung vikarie springer leende fram till Göran och omfamnar honom.

– Du är väl inte ledsen för att jag förstörde ditt lakan?

– Nej, svarar han och kränger sig ur hennes omfamning. Jag kastar alltid lakanet efter ett ligg.

Rättelser ett gissel

Jag och några andra redigerare sitter runt om nattchefen Kenny på centralredaktionen på Bohusläningen medan han fördelar jobb till oss.

Plötsligt visar han en rubrik till en notis i dagens tidning som jag har skrivit: Systembolaget öppnar på måndag.

– Nu har du gjort fel igen, systembolaget håller stängt, för renoveringen blir klar tidigast om en vecka. Jag skriver en rättelse, säger han.

Jag läser den korta texten än en gång och förstår att jag inte har gjort något misstag.

– Min rubrik motsvarar exakt notisens innehåll, säger jag irriterat.

– Visst är den olyckligt formulerad men du borde ha upptäckt felet, säger han.

– Du vet lika väl som jag att det finns ingen tid över för att kolla alla uppgifter.

På Bohusläningen är det oftast redigerarna som påtalas för misstag trots att det är nattcheferna som är det sista filtret mot dem, eftersom det är de som godkänner sidorna före monteringen på sätteriet och innan de skickas till tryckeriet.

Den här sommaren märker jag att nattcheferna nagelfar mina arbeten extra noga som om de sätter ära i att hitta mina tabbar. Allt antecknar de noga i en notisbok, och det får mig att misstänkta att de vill få bort mig från tidningen. Jag antar att det hänger samman med att de har fått veta att jag har kallat dem för typiska självutnämnda begåvningar.

De flesta har accepterat att journalisternas arbete innebär misstag för att det över huvud taget ska bli en daglig tidning. Det finns helt enkelt ingen tid för den noggrannhet som krävs för att producera en felfri tidning, så länge ledningen inte vill betala för de resurser som behövs för det.

En gång beslöt chefredaktören att införa en hel spalt för fel som läsare hittade. Efter några veckor slopades den, eftersom det blev så många rättelser att tidningen riskerade att framstå som en slarvig produkt. Sedan dess är det cheferna som bestämmer vilka rättelser som publiceras.

Redaktionssekreteraren Leif berättar fortfarande roat om ett av mina första misstag som han flinande satte upp på en anslagstavla tillsammans med ett brev från en kommunpolitiker som tackade för att gott skratt. Rubriken löd: I 30 år har Orust kommun glömt genitiv-s. Det blev en rättelse att det skulle ha stått Orusts kommun.

Kenny ger mig en text av kriminalreportern Göran som ska redigeras för sidan Sena nyheter. Den handlar om en man som åtalas för en våldtäkt som han misstänks ha begått under första maj-tågen. Han har skrivit första maj som Tidningarnas telegrambyrå rekommenderar och vars språkliga regler de flesta reportrar följer.

– Hur skriver tidningen första maj? frågar jag för säkerhets skull Kenny.

– Med siffra, svarar han tveklöst.

– Men TT rekommenderar att det skrivs ut.

– Skriv med siffra! skriker han.

Jag rättar till 1:a maj, för det är meningslöst att försöka diskutera journalistik och språk med Kenny. Han har alltid rätt som många andra chefer av hans sort. De få gånger som jag har protesterat, gormade han högljutt och gav igen genom att häckla mig inför andra för mina gamla misstag.

Kenny tillhör den utdöende sorten journalist som klev in i yrket direkt efter grundskolan eller gymnasiet på sjuttiotalet. Han gjorde karriär genom att hoppa från den ena tidningen till den andra som vikarie. Han har inte ens erfarenhet från något annat jobb.

Utmärkande drag hos många sådana journalister är följande: De tål inte kritik, de hånar utbildning, de har bildat sig en egen uppfattning om journalistik och de saknar förmågan att ifrågasätta sig själva. Bara en personlig tragedi kan rubba den inställningen.

Numera är de i minoritet på centralredaktionen och den allt hårdare konkurrensen om jobben kommer i framtiden att få dem att stanna där de hör hemma: utanför tidningarna.

Jag ringer till Göran om ändringen, så att han inte ska inbilla sig att jag har gjort det på eget bevåg.

– Jag måste ändra din stavning av första maj.

– I helvete heller! skriker han i luren så att det hörs till Kenny som småskrattar.

– Det får du ta med nattchefen.

– Den idioten följer bara sina egna hemmagjorda regler! Jag ska protestera hos chefredaktören.

– Skriv en rättelse i stället, föreslår jag.

En vecka i taget

Jag springer nästan på Magnus på centralstationen i Borås, när vi stiger av tåget från Göteborg. Jag blir glad över att återse honom. Jag var opponent för hans välskrivna examensarbete Lenin möter Lennon, som blev resultatet efter ett besök i Sovjetunionen. Han behärskar ryska och har djupa kunskaper i den ryska revolutionen.

– Du tänker väl inte flytta till den här trista, regniga hålan? undrar jag.

– Nej, jag har två veckor kvar på mitt vikariat på Borås Tidning, säger han.

– Jag har tre veckor kvar på Bohusläningen, säger jag. Sedan tar jag en enkelbiljett till Malmö för att söka vikariat och studera engelska.

– Jag har varken studier eller jobb på gång. Jag tar en vecka i taget, säger han utan att för den skull se ledsen ut.

Han sökte nyligen en tjänst på ett flygbolags magasin, men den gick till Anders, som var vår klasskamrat på journalisthögskolan. Han var en hurtig elev som betedde sig om han kunde allt om journalistik, eftersom han tidigare hade jobbat på sin pappas lokaltidning. Några lärare förutspådde honom en lysande framtid som journalist och det verkar som om de får rätt. I somras var han reporter med bildbyline på Dagens Nyheter.

– Nu får Anders flyga ofta och det gillar han, säger Magnus.

– Han flyger redan genom sitt pompösa ego, säger jag.

119

Jag påpekar att Borås Tidning söker två journalister till Herrljunga, som ska få ett lokalkontor. Men Magnus är inte intresserad av dessa tjänster. Han vill jobba på centralredaktionen, antingen som redigerare eller som reporter.

Jag vet att det beror på att hans livs stora kärlek Katarina jobbar där. Han hängde efter den unga kvinnan på journalisthögskolan trots att hon behandlade honom som om han vore hennes betjänt. De båda kommer från övre medelklassen som många andra unga, blivande journalister. Hans pappa jobbar som diplomat och hennes är moderat riksdagsman. De växte upp i Göteborgs finare kvarter med pampiga villor och rymliga trädgårdar.

Under de två terminer som hon var på journalisthögskolan, hann hon flörta med allt manligt som rörde sig i närheten som om hon hela tiden ville bekräftas. När hon avslutade sin praktik på en termin på Borås tidning stannade hon kvar.

Hennes artiklar är kristallklara och korrekta. Det märks att hon njuter av att skriva och att visa att hon är en begåvad skribent. Jag tror att hon inte i första hand skriver för boråsarna, utan för att imponera på sin pappa som hon avgudar.

Det var jag som ursprungligen skulle göra praktik på Borås Tidning, eftersom jag då bodde i staden, men Katarina övertalade mig att välja annan tidning för hennes skull. Det hade jag inget emot efter ett samtal om praktiken hos en högdragen redaktionschef. Det var den typ som har varit anställd så länge att han uppfattade sig själv som liktydig till redaktionen. Jag insåg att jag skulle få stora problem med honom om jag valde den tidningen. I stället gjorde jag min praktik på Saxons veckotidning i Stockholm.

– Jag har lärt mig en hel del som redigerare på Bohusläningen trots att tidningens knäppa chefer har förvandlat redaktionen till ett dårhus, jag antar att situationen är samma på Borås Tidning, säger jag.

– Det vet jag inget om, svarar han diplomatiskt.

När vi kommer fram till Stora torget stannar han upp och pekar mot Caroli kyrka och säger:

– Jag ska åt det hållet.

– Jag vet, det är där Katarina bor. Hälsa från mig och säg att jag kommer att sakna hennes fina artiklar när hon i höst återvänder till journalisthögskolan.

– Hon kommer tillbaka till tidningen när hon har avslutat utbildningen, säger han. Ledningen anser att hon är tidningens framtidslöfte.

Unga män i exil

Göran och Peter står framför en biograf som har stängt, när jag kommer släntrande på gågatan i Uddevallas centrum en kvalmig kväll i augusti.

– Ni hinner till filmen på den andra bion, tipsar jag.

– Nej, där visas bara en tråkig James Bondfilm i repris, säger Göran.

Där står vi en stund, tre unga män utan veta hur vi ska avsluta lördagen. Vi känner oss ensamma och har ett öde gemensamt: Vi har hamnat i Uddevalla för att vi vill vara verksamma som journalister och vi har tröttnat på staden, den är livlig och trevlig på sommaren men ödsligt trist på hösten och blåsigt kylig på vintern.

Peter anses numera vara Bohusläningens stjärnreporter. Han är ständigt på jakt efter det stora avslöjandet som ska göra honom omtalad, så att han ska få den tjänst han tycker att hans talang är värd: reporter på Kvällsposten. Han har fullständigt gått på myten om den hungrige, grävande journalisten som är redo att jobba dygnet runt och leva på bröd och vatten för att uppnå sitt journalistiska mål.

Göran har däremot förlorat alla sina illusioner om yrket efter fem år på Bohusläningen. Han anser att redaktionen förpestas av intriger, falskhet och småsinthet och han känner sig numera som en undanskuffad föredetting för att ledningen inte längre tar honom på allvar.

Han tycker att han har gjort sina hundår på Bohusläningen och att han nu är värd att få chansen att återvända hem till Stockholm, antingen till Dagens Nyheter eller till Svenska Dagbladet. Han skriver en till två artiklar och några notiser om trafikolyckor och brott på en arbetsdag. Det gör han numera endast pliktskyldigast för lönen skull. Snart ska han förverkliga ett halvt år lång resa i Europa på sin älskade motorcykel.

Jag är tidningens vikarierande redigerare sedan tre år tillbaka som har konkurrerats ut om lediga tjänster av andra med lägre utbildning och erfarenhet. Det kändes kränkande tills jag drog slutsatsen att redaktionen är ett dårhus precis som det var på Alingsås Tidning och Saxons veckotidning och att det beror på att de kontrolleras av självlärda chefer som föddes på fyrtiotalet. Jag har gett upp om att få fast anställning så länge redaktionssekreteraren heter Leif.

Vi stiger in i en dunkel, bullrig pub som är säsongens nya inneställe som ligger i Bohusläningens bottenvåning. Den drivs av två unga män som har åtalats för varusmuggling och knarkförsäljning. För mig är det en gåta att puben fortfarande har fullständiga rättigheter för alkohol och att de får hyra lokalen av tidningen.

Vi dricker öl, pratar om kvinnor och om hemlängtan. Peter längtar tillbaka till Skåne. Han kommer ursprungligen från Malmö och har studerat litteratur och svenska på Lunds universitet tills han erbjöds ett vikariat som reporter på Arbetet i åtta månader. Sedan var han arbetslös i ett halvt år innan han fick ett vikariat på Bohusläningen för två år sedan.

Peter klappar mig broderligt på axeln och frågar:

– Varför jobbar du inte som reporter den här sommaren?

– Av taktiska skäl, svarar jag. Jag trodde att jag skulle få halvtidsjobbet som redigerare, men det fick en reporter som aldrig har redigerat tidigare.

– Nyhetschefen är kompis med hennes pappa. Han är en känd reporter i Stockholm, förklarar Göran.

– Du borde ha ställt till med en scen, det hade jag gjort, säger Peter.

– Jag är inte den typen, säger jag undvikande.

I själva verket har jag inget självförtroende kvar för att kämpa om lediga tjänster på tidningen. Förra sommaren sökte jag fast anställning som lokalreporter på tidningens lokalredaktion i Mellerud, men den gick till en nybörjare för att lokalredaktören ville ha en ung kvinna som medarbetare. Det tog mig hårt, för det jobbet hade gett mig de praktiska meriter som jag behöver. Jag såg också fram emot att på fritiden fiska i Vänern och fotografera traktens sagolika natur. En kollega tröstade mig med att säga att jag ändå inte skulle passa in i den byn som han ansåg vara en incestuös håla.

Efter några öl börjar Göran och Peter utgjuta förakt för tidningens högsta chefer, i synnerhet över deras mentala hälsa och bristande kompetens. Det samstämmiga gnället är deras sätt att ge utlopp för frustrerade tankar.

– Vi har en chefredaktör som tillbringar mer tid på golfbanan än på redaktionen, påstår Göran.

– Han pratar mer med sin älskarinnas hund än med journalister, anser Peter.

– Det vore säkert ett lyft för redaktionen om ni blev chefer, säger jag.

– Jag är inte intresserad av att bli chef! fräser Göran irriterat åt mig. Jag vill bara ha kolleger som gör sitt jobb i stället för att tjafsa om privata problem.

Två unga kvinnor frågar leende om de får slå sig ned vid vårt bord men Göran gör en avvisande gest mot dem.

– Just nu är jag trött på kvinnor, de är bara i vägen och de smutsar ner min säng, säger han.

– Jag tröttnar aldrig på trevliga kvinnor, säger jag. De är vackra i den här staden.

– Unga kvinnor är vackra överallt, men i Malmö är de mer

självsäkra och naturliga, hävdar Peter.

Plötsligt tycker Göran att det var meningslöst att sitta kvar i den bullriga, rökiga puben.

– Nu går jag hem och knäcker några ägg, det är väl det enda jag har kvar i kylskåpet, säger han.

Peter gör Göran sällskap på vägen, hans ständige följeslagare och pajas som fortfarande är tacksam över att kollegan ordnade fast anställning åt honom genom sina kunskaper om tidningens spelregler och inflytande som ordförande för fackklubben.

Jag sitter kvar en stund och dricker öl, jag känner mig lättad över att jag har bestämt mig för att pröva lyckan i Malmö. Jag ska frilansa och studera engelska på Lunds universitet, medan jag söker vikariat.

Kamp om jobben

Chefredaktören kallar på två fackliga representanter, den nyvalda ordföranden Irené och styrelsemedlemmen Annicka, till en möteslokal för att förhandla om en tjänst. De ska avgöra vem som ska få det åtråvärda vikariatet som kriminalreporter, för Göran har beviljats tjänstledigt för att åka motorcykel i Europa i sex månader.

– Fackklubben satsar först och främst på fast anställda, säger Irené och Annicka beslutsamt.

Anders, en fyrtioårig vikarie, och en medioker sportredigerare vid namn Olle, väntar nervöst i pausrummet. Chefredaktörens favorit är Anders, de har blivit kompisar efter flera rundor på en golfklubb under sommaren. Han dök upp som ur ingenstans när han i maj började cykla runt i Bohuslän för att som frilans skriva om turism för tidningen.

Jag är inte inblandad i den nerviga kampen om vakanta tjänster, som stinker av taktik och intriger, eftersom jag har beslutat att lämna Bohusläningen. Jag mår illa av den här karusellen, för den förgiftar atmosfären på centralredaktionen. Ledningen skulle ha sluppit stöket om den i första hand anställde journalister efter erfarenhet och utbildning och inte efter personligt tycke och smak och förbindelser.

Tidningen har internt utlyst två lediga tjänster. Förutom kriminalreporter behövs en redaktör på heltid för lördagsbilagan Kom igen! som är en skapelse av vikarien Karin, en behaglig personlighet med akademisk utbildning. Hon sade upp sig i protest för att hon måste konkurrera om tjänsten. Hon har redan fått ett annat vikariat på Göteborgs-Posten.

Alla vet att det är givet att Olle ska bli kriminalreporter, om nu chefredaktören inte har något lurt i bakfickan. Efter flera år som frilansande radskrivare för tidningen fick han ett vikariat på halvtid på sportavdelningen och lasades in av misstag förra året. Nu har han tröttnat på att redigera sport från Tidningarnas telegrambyrå.

Annicka och Irené stiger leende ut ur möteslokalen och efter dem rusar chefredaktören surmulet ut för att äta lunch. Hans favorit Anders följer efter honom.

– Nu är det klart. Olle blir kriminalreporter, säger Irené medan Annicka ger honom en kram.

– Nu får tidningen sportiga texter om brott och straff med en massa rekord till höger och vänster, kommenterar Göran valet av sin blivande ersättare.

Nästa förhandling ska handla om lördagsbilagan som Carina och några andra kolleger vill ta över. Det som talar mot henne är att hon har hunnit bli en så duktig redigerare att det blir svårt att hitta i likvärdig ersättare. Hon besitter dessutom en naturlig känsla för att skapa inbjudande layouter för nöjessidor.

Carina dök upp på tidningen diskret för ett år på redaktionen i Mellerud som lokalreporterns flickvän. Hon redigerade hans texter och skrev gratis en och annan artikel en hel sommar tills hon visade upp sig på pressklubben och gjorde ett så gott intryck på journalisterna att det bidrog till att hon anställdes som redigerare på halvtid utan några andra referenser än strödda kurser på universitetet och skrönor om sin pappa som är en känd reporter i Stockholm. Hon har mer eller mindre växt upp bland journalister och behärskar deras jargong och intriger.

På våren började hon också att skriva krönikor som fick så

bra respons av läsare att chefredaktören förklarade att han hellre vill att hon ska jobba som redaktör för Kom igen!

Om hon fortsätter i den farten, blir hon snart chef, tänker jag när jag återvänder till centralredaktionen för att redigera färdigt en sida.

Jag har mött flera sådana, taktiska journalister. För dem är en lokaltidning bara ett trappsteg i karriären till större tidningar. De drivs av ett starkt behov av att hävda sig själva och av en intensiv längtan att hamna i rampljuset. Somliga klättrar så snabbt upp i karriären att de på vägen riskerar att göra ett misstag så att de faller ut i en bakdörr till en smärtsam glömska.

De flesta utgår från att Carina får tjänsten, eftersom hon har varit förutseende att bli invald i fackklubbens styrelse och att chefredaktören har högt och tydligt sagt att han anser att hon är tidningens mest begåvade journalist.

Chefredaktören återvänder till tidningen för att fortsätta förhandlingarna med fackklubben om tjänsten för lördagsbilagan och hans golfpartner Anders stiger in på centralredaktionen och glor provocerande på mig en stund medan jag håller på att redigera en artikel.

– Från och med i dag ska jag sitta på din plats, säger han myndigt. Det har chefredaktören bestämt, för jag ska ta över dina uppgifter.

– Det är inga problem, du får gärna ta över min kaffemugg också, säger jag och flyttar mig två meter till en annan plats vid det avlånga arbetsbordet.

Snörpligt avslut

Varför går du inte hem? frågar nattchefen Daniel och kastar åter en blick på centralredaktionens runda vägg-ur som visar klockan sex på eftermiddagen. Jag har redigerat och layoutat min sista sida för en timme sedan.

– Jag ska gå på bio, svarar jag medan jag betraktar Irené som sitter tigande några meter från mig och redigerar som om jag inte vore närvarande.

Det är sant att jag ska avslutade kvällen med en film men jag väntar också på ett lämpligt ögonblick att ta farväl till Irené med en kram och några vänliga ord som försoning innan hon går på semester. När hon ska jobba igen har jag flyttat till Malmö. Jag vill be om ursäkt för alla gånger jag har varit elak mot henne, även om jag var det i förtvivlan.

Jag följer med redigeraren Annicka till pausrummet. Hon är Irenés bästa vän och den enda på centralredaktionen som har goda relationer med alla och fungerar som förmedlare i kollegernas konflikter.

– Du måste svälja stoltheten den här gången och ta initiativet till ett ärligt avsked, för Irené förväntar sig det, förklarar hon medan hon fingrar på sin tjocka fläta. Du har sårat henne djupt i dag.

– Tänk om hon förlöjligar mig igen? undrar jag ängsligt.

– Det gör hon inte, det vet jag, intygar hon. Jag har pratat med henne om saken.

Irené klev in i mitt liv för tre somrar sedan som en kollega

129

som strödde giftigt elaka kommentarer omkring sig. Hon var ofta på dåligt humör och snarstucken mot manliga kolleger med undantag för sin pojkvän Lars-Erik, en timid, artig redigerare som hon lyckades förföra på nolltid. På så sätt ökade hon sitt inflytande på centralstationen, eftersom han ibland hoppar in som nattchef, är ledamot i fackklubben och är en bildad och omtyckt kollega som uppskattas för sina kunskaper i det journalistiska hantverket.

Hon attackerade och förlöjligade mig varje sommar så att jag med lättnad återvände till tyska institutionen i Göteborg för att fortsätta studera. Jag har aldrig förstått varför det blev så ansträngt mellan henne och mig. Den ena stunden kan hon vara ljuvligt sällskaplig, den andra stunden hopplöst ilsken. Det skapar en osäkerhet hos mig så att jag alltid kollar med kolleger på vilken stämning hon befinner sig i för att jag ska vara mentalt förberedd på henne, när jag stiger in på centralredaktionen.

På vintern och våren arbetade jag som vanligt som inhoppande vikarie och kunde följa hennes stegvisa kamp om mer inflytande på Bohusläningen. Den här sommaren har hon valts till fackklubbens ordförande och fått chefredaktörens löfte om att bli nattchef när en sådan tjänst nästa gång blir ledig.

Hon har varit hyggligare mot mig den senaste tiden. Jag antar att det beror på att hon har förstått att jag har bestämt mig för att flytta till Malmö.

Till sist tar jag mig samman för att ta ett ömsint farväl men hon är inte kvar på centralredaktionen.

– Hon gick hem tidigare, hon mådde inte bra, säger hennes sambo Lars-Erik.

– Det var trist, jag hade tänkt säga farväl, säger jag.

Jag inser att Irené den här gången har tillåtit mig att säga den sista elakheten. Jag har i vredesmod sagt att det ska bli

130

en underbar befrielse att slippa jobba med henne. Det ångrar jag djupt nu. Jag borde i stället ha uppskattat de roliga ögonblick jag trots allt upplevde med henne.

— Skulle du kunna säga till Irené att jag faktiskt gillade att ha henne som kollega?

— Det är ingen idé, hon kommer inte att tro på det, svarar Lars-Erik.

Sista avtackningen

Vid fyratiden på eftermiddagen avtackas jag för tredje gången på tre år. Det är ett rekord på Bohusläningen. Första gången var det hösten 1984, andra gången ett år senare och nu i slutet av augusti. Personalen har samlat sig i pausrummet för att äta tårta som tidningen bjuder på.

I ögonvrån ser jag redaktionssekreteraren Leif le hånfullt. Han har listigt utnyttjat att jag har varit godtrogen. Av någon anledning gick det snett mellan honom och mig redan från början. Jag har åtminstone fått den erfarenhet som jag behöver för att konkurrera om jobb i Malmö.

Chefredaktören sköter avtackningen den här gången. När han har skänkt två andra vikarier varsin blombukett och present vänder han sig mot mig, räcker fram ett paket och säger:

– Det blir inga blommor för dig, för jag har fått höra att du har gett dem till redaktionen. I stället får du nöja dig med en extra fin present.

Sedan avtackar Annicka mig, hon ger mig en bok om skånska ord och en intensiv kram trots att hennes svartsjuke sambo sitter en meter ifrån oss. Hon är den kollega som jag kommer att sakna mest.

– Du kommer säkert att behöva boken i Skåne, säger hon.

Nu är det dags för mig att säga det jag tror att alla förväntar sig av mig:

– Jag tackar för den underbara tid jag har fått jobba här, jag har lärt mig mycket.

Jag går upp till sätteriet för att säga farväl till typograferna som jag dagen innan har bjudit på vetelängder. De har erbjudit mig att praktisera på deras avdelning men jag tackade nej, för att jag har läst att datoriseringen kommer att rationalisera bort deras jobb inom några år. Det är en process som pågår med en brutal kraft i England. Typograferna tror att något sådant inte kan hända i Sverige.

Sedan slinker jag in hos korrekturläsaren Maria. Hon lovar att skriva till mig och ger ett halvt löfte om att besöka mig i Malmö. Hon har räddat mig många gånger från språkliga misstag och jag känner mig förpliktad att på något sätt gengälda det.

I pausrummet röker reportern Mona medan hon rättar sin artikel.

– Hur känns det? frågar hon.

– Det känns svårt, jag kommer att sakna några kolleger, svarar jag.

Hon själv röjer inte vad hon tänker om tidningens beslut att inte förlänga hennes vikariat.

– Är ditt vikariat slut nästa vecka? undrar jag.

– Ja, det är inget att göra åt, säger hon och rycker på axlarna.

– Ibland måste man gå vidare för att utvecklas, säger jag.

Mona ska återvända till Göteborg för att studera på universitetet i höst. Hon drömmer om att bli en ny Ernst Hemingway. Jag har fått läsa en av hennes noveller som påminner mycket om den amerikanske författarens realistiskt konkreta stil.

Mona klev in på redaktionen med en chockerande självsäkerhet i våras. Hon kunde allt och andra ingenting, hon ville frälsa tidningen genom att visa hur modern journalistik ser ut som utgår från engelska dagstidningar.

Det första hon gjorde var att signera sina artiklar som B:sson i stället för Bengtsson, så att läsarna inte skulle förknippa henne med en sportreporter som har samma efternamn. En syrlig kommentar från redaktionen löd: Tur för kollegan att han inte behöver förväxlas med hennes mediokra texter.

Monas självförtroende stämmer inte alls överens med hennes journalistiska kunskaper och erfarenheter. Hon har studerat litteratur på universitetet i två terminer och har bara praktiserat på en lokalredaktion.

Hon har begått alla misstag som en amatör kan göra. Hon blandade in egna åsikter i artiklarna, skrev om händelser som om läsarna vore senfärdiga, gjorde mängder av språkliga fel, skrev omständligt och använde felaktiga uppgifter. För redigerarna innebar det mer arbete.

Jag insåg så småningom att hennes tuffhet bara är en påklistrad attityd. Hon utgår från devisen att det är bättre att vara offensiv än defensiv. Uppenbarligen är det den inställningen som gav henne vikariatet som reporter på Bohusläningens centralredaktion.

Mona fimpar cigaretten, lutar sig bakåt i stolen och för sitt långa, blonda hår över axlarna och säger:

– Jag är beredd att slåss om jobben, jag skulle inte frivilligt ge plats åt någon annan som du har gjort.

Jag öppnar paketet, som innehåller två vinglas med tidningens namn inristat. Jag tänker just fråga henne om hon vill ha dem, när hon plötsligt gör en avfärdande gest mot mig.

– Kan du avlägsna dig? Du stör mig, säger hon.

Jag kliver in på chefredaktörens rum, han ger mig ett skriftligt omdöme om min tid på tidningen.

– Lycka till i Malmö, säger han.

– Tack för det fina omdömet, säger jag.

– Det är det minsta jag kan göra för dig.

Jag återvänder till pausrummet för att hämta vinglasen som jag ska skänka till redaktionen.

Nykter alkoholist

Evald pratar med en lärare när jag och min bror Lars går in på gården till Fristads folkhögskola utanför Borås. Han ser förvånad ut trots att vi nyligen har aviserat honom om vårt besök.

– Jag kommer för att ge dig en kamera, säger jag.

– Det vet jag inget om, säger han.

– Jag lovade dig det förra gången som jag besökte dig.

Jag hoppas att den gamla, manuella systemkameran ska ge vår morbror lusten att fotografera igen. Det har varit hans främsta hobby, som förde honom på många resor runt om i Sverige och som gav goda extrainkomster. Han har hyllmeter med diabilder och pärmar med negativ på djur och natur i en liten stuga som han hyr billigt av en vän som driver ett jordbruk i närheten.

Han har också filmat och fotograferat släkten i Borås i ett tjugotal år vilka han har visat på högtider. På jularna skrattade de tillsammans åt sig själva på filmerna tills vår mammas äldsta systers familj togs över av religiösa fanatiker för några år sedan. Jag, Lars och Evald tillhör de syndiga släktingarna.

Evald hoppar in i bilen och vi kör till stugan. Han ska sota skorstenen, innan han måste återvända till skolan för att fortsätta med ett grupparbete. Han känner sig stressad av läxor och prov.

När vi kommer fram till stugan visar det sig att hans vän har sotat skorstenen. Det enda han behöver göra är att få i gång en brasa i kaminen för att få bort fukten som har bildats efter några regniga, blåsiga dagar.

– Jag har slutat att dricka, säger Evald.

– Ja, du har sagt det några gånger nu, påpekar Lars.

– Jag vågar inte ens lukta på sprit, för det räcker för att jag ska börja igen, konstaterar han.

– Det går bra att uppleva verkligheten som nykter också, säger jag.

Evald har varit nykter i fyra månader. Det är ett rekord och en enorm prestation, för han har mer eller mindre varit konstant påverkad av alkohol sedan han började dricka mellanöl i artonårsåldern på sextiotalet som många andra ungdomar som han umgicks med i förorten Sjöbo i Borås, dit hans mamma flyttade till ett rum med kök när hennes tre döttrar bildade familj.

Mamman försörjde sig som sömmerska på Algots och belönades med en svart päls för en lång, trogen tjänst. Hon födde Evald i fyrtioårsålder, strax innan maken skrevs in på psykiatrisk vård i slutet av fyrtiotalet. Där sitter han fortfarande med sina mardrömmar som soldat i Finlands krig mot Sovjetunionen.

Evald har supit bort ägodelar, vänner, flickvän, sin mammas besparingar och en anställning. Men han var så mästerlig på att dölja sin alkoholism att han oftast gav intryck av att vara nykter. De få gånger som han blottade sin alkoholism inträffade när han var pank eller inte hade sprit hemma på kvällen. Då inledde han en desperat jakt på sprit bland släktingar och vänner och kunde bli hotfullt aggressiv.

I sexton år arbetade han som djurskötare på Borås djurpark. Han slutade efter en kontrovers med en ny chef som upptäckte att han drack på jobbet. Han vägrade inse att det kan vara förenat med livsfara att vara påverkad av alkohol när man jobbar med vilda djur.

Vändpunkten kom med mammans sjukdom som höll på att kosta henne livet. Även om han fick en påminnelse om livets bräcklighet, så är det ändå ett under att han är en nykter alkoholist. Spriten har varit hans bästa vän. Han presterar hyggliga resultat som studerande, men det behövs bara ett bakslag för att han ska börja dricka sprit igen.

– Det känns som om jag inte längre har något behov av att sprit, säger han medan jag och Jarmo döljer vår skepsis med uppmuntrande kommentarer.

Han öppnar kylskåpet som är fullt med vitaminer och nyttiga drycker och grönsaker som han odlar på en täppa vid stugan, där han för en hopplös kamp mot sorkarnas härjningar. Han har rökt ut dem och använt stinkande mixturer men varje vår återvänder de.

Han sväljer en handfull olika sorters vitamintabletter till ett glas hemmagjord äppeljuice och säger:

– Ert tips om påsksmällare i sorkarnas hålor fungerar inte, de kommer tillbaka.

– Testa en stor vindsnurra, sorkar avskyr vibrationer och ljudet, föreslår Lars som har samma problem vid sin stuga.

Vi skjutsar Evald tillbaka till skolan och återvänder sedan till Borås.

– Han kommer att sälja kameran när han börjar dricka igen, säger Lars.

– Ja, det tror jag också, men nu har jag i alla fall gett honom en anledning att hålla ut ett tag till som nykter.

Jag har mött alkoholister i hela mitt liv, i släkten, hos vänner och kolleger. Det är som en farsot som samhället har accepterat trots att det ofta innebär trasiga förhållanden och familjer och sjukdomar och i värsta fall en för tidig död. Jag själv försöker hålla min konsumtion av alkoholhaltiga drycker under kontroll, för jag vill inte dela min pappas eländiga öde. Han blev alkoholist redan i tjugoårsåldern.

Mamma är hemma när vi anländer. Hon väntar på oss med hemlagade köttbullar med brunsås och rårörda lingon.

– Jag måste till Stig, han är sjuk igen, säger hon. Ni behöver inte skjutsa mig, jag tar bussen.

Hon håller just på att ta hand om sin sextioårige särbo som är periodare. Han brukar vara redlös i några veckor tills han läggs in på ett privat rehabiliteringshem utanför Borås. Efter en veckas vila, nyttig mat, bastu och medicinering är han nykter i cirka tre månader för att jobba intensivt med sitt företag som om han vill kompensera den tid som han har förlorat i berusat tillstånd.

– Vi måste vara försiktiga med sprit, för vi kan ha ärvt vår pappas anlag för alkoholism, säger jag.

– Det är ingen fara på taket, svarar Lars. Jag dricker bara på helgerna.

Första dagen i Malmö

Jag stiger av tåget på Malmö centralstation en disig efter-
middag i september för att försöka etablera mig som jour-
nalist i staden. Det enda jag har med mig är en akustisk
gitarr och två resväskor, den ena med kläder och den andra
full med refuserade manuskript, allt från min första bok, dikt-
samlingen Livets party från 1974, till romanen Dödskallens
berättelse och vissamlingen Ur hjärtats djup. Jag har sparat
materialet med en vag tanke om att jag kommer att få tid
bearbeta böckerna och ge ut dem på egen hand, när jag får
ordning på min tillvaro.

Men jag har tack och lov inga problem att sälja reportage
till tidskrifter och få bra betalt för dem. Det beror säkert på
att jag skriver beställningarna enligt redaktörernas önskemål.
Det har räddat min ekonomi många gånger som är konstant
uruselt. Jag har hankat mig fram på arvoden, studielån, peng-
ar från mamma och vikariat och i Malmö ska jag stämpla som
arbetssökande.

I förväg har jag ordnat en lägenhet på två rum och kök
i andra hand och skrivit till Arbetet, Sydsvenska Dagbladet,
Kvällsposten och Skånska Dagbladet i hopp om att få ett vika-
riat. Jag har varken släktingar eller gamla vänner i Skåne men
jag har kontakt med två före detta klasskamrater från journa-
listhögskolan i Göteborg som vikarierar på Arbetet.

Jag ska också passa på att hälsa på hos Maud som jag lär-
de känna på tåget från Hamburg till Göteborg i vintras. Sedan

dess har vi regelbundet brevväxlat och hon har besökt mig på eget initiativ två gånger, så jag vet allt om hennes knepiga förhållande till sitt perfekt sminkade ansikte. Hon erbjöd mig att hyra ett rum i hennes risiga skånelänga på Söderslätt, men jag avstod, eftersom det ligger för långt från Malmö.

Jag tar taxi till ett gult höghus på Humanistgatan i förorten Söderkulla, som är adressen till lägenheten som jag ska hyra av en pensionär.

– Du är från räliga Borås? frågar taxichauffören.

– Ja, hur visste du det?

– Det hörs tydligt. Mina föräldrar jobbade där i några år, innan de återvände till Skåne för min skull. Jag mobbades för min skånska dialekt.

Pensionären är en före detta försäkringschef i sjuttioårsåldern. Han visar mig den möblerade lägenheten på sextiotvå kvadratmeter som jag ska bebo medan hans son arbetar i Kuwait. Han har antecknat alla ägodelar, till och med antalet bestick, som finns med på hyreskontraktet som en bilaga.

– Jag befarar att min son inte har några planer på att återvända till Sverige på många år, säger han.

Han skjutsar mig till posten. Jag tar ut pengar och betalar honom hyran för en månad i förskott, ett tusen fyra hundrafemtio kronor.

– Om du gillar lägenheten får du köpa den, föreslår han.

– Jag ska fundera på det, säger jag.

Det finns gott om lägenheter att hyra i andra hand för ett rimligt pris i Malmö. Min radannons i Sydsvenska Dagbladet gav ett tiotal svar och några ville till och med sälja bostaden. Många hyr ut sina bostadsrätter i andra hand i väntan på bättre tider. Det råder kris i fastighetsbranschen och antalet arbetslösa ökar och Kockums håller på att avveckla produktionen av civila fartyg. Centrum ser ut som om den har bombats, överallt finns det rivningstomter som fungera som provisoriska parkeringar tills det blir lönsamt att bygga igen. Det ger intrycket av en stad på dekis.

– Vill du följa med mig och min fru till Torups bokskog?

– Finns det verkligen skog i Skåne?

Pensionären skrattar åt min bristande kunskap och säger:

– Jag trodde också att Skåne bara bestod av åkrar, när jag flyttade hit som ung från Östergötland. Jag trodde att skåningarna var tjocka som i filmer med Evert Persson och att alla talar med dialekt, men jag hade totalt fel.

Han tar fram en sliten bok av Frans Malmros från 1948 med titeln Detta är Skåne. En hyllning i bild till skånsk bygd.

– Läs den och du kommer att älska Skåne!

Pensionären ger mig en nyckel och lämnar lägenheten. Jag packar upp boken Skånska ord som kollegan Annicka på Bohusläningen skänkte mig som avskedspresent. Jag slår upp ordet rälig, det betyder äcklig, hemsk och ryslig.

Tentan ett fiasko

Jag stirrar förtvivlat på frågorna på tentan i engelsk litteratur på Lunds universitet, för jag inser att jag inte kommer att få godkänt trots att jag har pluggat ämnet, men fakta har uppenbarligen inte fastnat i minnet. Jag tror att det beror på att jag känner mig mätt på studier efter att ha studerat på vuxengymnasiet, journalisthögskolan och tyska institutionen. I början hungrade jag efter kunskap men numera har jag allt svårare att hitta fokus och motivation.

Jag beslutar ändå att kämpa vidare, för det känns fånigt att ge upp när jag ändå har stigit upp tidigt på morgonen för att göra tentan. Jag gissar på varannan fråga, det kan i bästa fall ge enstaka poäng.

Runt om mig i salen kämpar studenter koncentrerat med frågorna medan två äldre kvinnor går tigande omkring och kollar så att ingen fuskar. Jag känner mig gammal med mina trettiotvå år, för nästan alla är tjugoåriga kvinnor och för de flesta är engelska det första ämnet de studerar på universitet. Många kommer från landsbygden och bor på studentboenden i Lund.

Framför mig sitter Anna, som är min granne. Vi studerar på samma tider och vi träffas regelbundet för att göra vårt grupparbete om den språkliga skillnaden mellan de engelska tidningarna The Sun och The Independent.

Anna blir klar med tentan efter en timme. Jag ber henne vänta på mig så att vi kan göra sällskap till Malmö. En kvart senare avslutar jag den sista uppgiften med en gissning.

Hon har redan lämnat byggnaden och det irriterar mig att hon alltid är för otålig för att vänta. Jag får syn på henne framför en modebutiks skyltfönster. Hon har gått långsamt mot centralstationen för att titta på kläder och skor så att jag ska hinna ifatt henne.

– Hur gick det? frågar hon.

– Åt helvete! Jag blandade ihop allting och förväxlade ord, men det kommer ju ännu en chans, svarar jag.

Vi stiger på pågatåget och Anna sätter sig framför mig. Jag betraktar henne, medan färden går genom det ödsligt platta landskapet mellan Lund och Malmö. Hon är smal och lång som en mannekäng och hon är alltid moderiktigt klädd. Hon öppnar sin exklusiva handväska och tar fram en liten spegel för att än en gång kolla sitt diskret sminkade ansikte som ramas in av ett långt, brunt hår med slingor.

– Gillar du min nya parfym? undrar hon.

Jag lutar mig fram och luktar på Annas smala hals. Hon doftar samma, diskret påträngande parfym som en känd reporter som jag lärde känna på Saxons veckotidning i Stockholm när jag gjorde min praktik som journalist där.

– Du doftar sensuellt och blommigt, det måste vara något slags Chanel.

– Du imponerar faktiskt på mig, säger hon leende.

Anna har god ekonomi trots att hon studerar engelska och litteratur på heltid. Hon har inrett sin lägenhet på två rum och kök smakfullt och hon handlar ofta kläder. Varje gång jag träffar henne har hon tagit på sig en annan klädsel och skor och ändrat hårets uppsättning. Hon till och med växlar örhängen och halsband varje dag.

Vi stiger av pågatåget vid centralstationen och går till en väntande buss till förorten Söderkulla.

– Min före detta kille har flyttat in hos mig, säger hon. Han

143

har inga pengar, hans gravida tjej kastade ut honom, när han gjorde hennes bästa kompis gravid.

Jag känner mig besviken över att den unge mannen bor hos Anna trots att jag av erfarenhet vet att en konkurrent ofta dyker upp när jag när umgås regelbundet med en kvinna. Det verkar vara en kvinnlig taktik. Genom närvaro av en annan man låter hon förstå att om jag inte skyndar mig så blir det en annan som får hennes uppmärksamhet.

Jag är inte intresserad av ett intimt förhållande med Anna, men det stör mig att hon nu måste ta hänsyn till den stökige mannen när vi ska fullfölja vårt grupparbete.

– Ligger du med honom? frågar jag rak på sak.

– Nej, han är en kompis, svarar Anna bestämt.

– Även de ligger med varandra.

– Inte jag i alla fall.

Vi återgår till att prata om grupparbetet, som vi måste redovisa om två veckor. Jag behöver Annas hjälp för att klara uppgiften, eftersom hon talar och skriver flytande engelska. Hon har arbetat i England som många andra unga kvinnor som försöker hitta sin plats i samhället.

Under den månad som Anna har varit min granne har hon inte avslöjat sina drömmar om framtiden. Jag har bara fått veta att hon är tjugotre år gammal, växte upp i Osby och äger sin bostadsrätt.

Jag misstänker att min hyresvärd har bett Anna att studera samtidigt med mig för att hålla mig under uppsikt, för hon behärskar engelska för bra för kursen. Han är antagligen orolig för att jag ska vandalisera eller tömma den komplett utrustade lägenheten.

Vi stiger in i höghuset på Söderkulla, hon bor mitt emot mig på den första våningen.

– Vi skulle kunna fortsätta med grupparbetet hemma hos mig, föreslår jag.

– Ja, det kan vi väl göra, svarar hon. Men jag måste bara byta om först.

Jag gör ordning sallad som Anna helst äter för att hålla vikten tills hon ringer på dörren. Jag överraskas av att hon har på sig gymkläder och har tvättat bort sminket.

– Går det bra att sova över hos dig? Killen har sina gravida tjejer hos mig, de ska prata ut, säger hon.

– Det är inga problem, vi är ju kompisar, eller hur?

Nytt vikariat i all hast

Jag har ett bokat möte med redaktionssekreteraren Mysterlin, säger jag till en portvakt på Sydsvenska Dagbladets reception i tidningens höghus utanför Malmös centrum. Vakten slår Mysterlins telefonnummer men han svarar inte. Han ringer i stället till centralredaktionen och får veta att han är på väg till sitt rum.

Jag tar hissen till åttonde våningen, knackar på den anvisade dörren men den förblir stängd.

Det verkar som om han är, som hans efternamn antyder, en mystisk person, tänker jag.

Jag försökte nå Mysterlin per telefon i flera dagar i sträck, innan han svarade, så att jag kunde påminna honom om att Sydsvenska Dagbladet redan i somras erbjöd mig ett vikariat. Jag förklarade att jag var tvungen att skriva på ett kontrakt på tre månader för Bohusläningen för att chefredaktören inte ville vänta tills någon annan tidning hörde av sig.

Rökande går jag fram och tillbaka i korridoren och undrar vad jag nu ska ta mig till. Efter en kvart visar en journalist sig och han förklarar att Mysterlin har bytt rum. Han ringer till honom och säger att jag har anlänt. Jag tar hissen till centralredaktionen på sjätte våningen och där väntar han vid dörren till sitt rum.

– Jag heter egentligen Musterlin men kollegerna har alltid kallat mig för Mysterlin för att det är lättare att uttala, förklarar han.

146

Jag känner mig lugn inför Mysterlin, en mullig sextioåring i grå kavaj och en grön slips. Han ger ett tryggt, pålitligt intryck. Jag har dåliga erfarenheter av anställningsintervjuer, jag har till och med kränkts och behandlats illa trots att jag bemödade mig om att vara artig och ärligt svara på frågor.

Förra veckan besökte jag Arbetets redaktionssekreterare. Jag hade postat mina betyg och referenser i förväg men han hittade inte dem. Det förvånade mig, för han är omtalad för att vara noggrann som en byråkrat. Hans skrivbord är sjukligt pedantiskt i ordning.

Jag visste dessutom genom kontakter på tidningen att de behöver redigerare som kan hoppa in i nödläge, men han betedde sig avvisande när han såg mig. Det kan ha berott på att vi till det yttre är varandras motsatser. Han är snaggad och jag har halvlångt hår, han är klädd i vit skjorta, slips och gråa byxor, jag i jeans, t-shirt och svart skinnjacka.

Jag hade tidigare ringt Skånska Dagbladet och Kvällsposten utan att få till stånd ett möte om vikariat. Den administrativa redaktören på Skånska Dagbladet var uppenbarligen på dåligt humör. Jag hann knappt presentera mig innan han slängde på luren med orden: Jag har inte tid att prata med dig just nu!

Mysterlin tyckts däremot ta mig på allvar. Vi pratar om min utbildning och erfarenhet, men även om honom. Han berättar att han flyttade från Finland till Malmö för sjutton år sedan för en tjänst som redigerare på Sydsvenska Dagbladet. Han avancerade till nattchef och utsågs nyligen till tidningens redaktionssekreterare. Men det förvirrar mig att han pratar i stället för att fatta ett beslut om ett vikariat. Det verkar som om han vill utröna om min personlighet passar personalen på centralredaktionen.

Till slut föreslår han att jag ska delta i en datakurs på tidningen i november, eftersom tidningens journalister numera arbetar med datorer. Sedan visar han mig redaktionen. Den ger ett seriöst intryck men journalisterna verkar ta sig själva på stort allvar. Jag hör inga skratt eller livliga diskussioner och de går förbi mig med näsan i vädret utan att ens ägna mig en blick. Jag aldrig tidigare känt mig så osynlig bland människor.

— Vill du att vi kollar om Kvällsposten har någon tjänst ledig? undrar Mysterlin. Jag kan bara lova dig inhopp efter datakursen.

— Jag vet inte om jag vågar, redaktionssekreteraren Allan lär vara en tuffing har jag fått höra.

— Det blir nog inga problem, intygar Mysterlin.

Han leder mig till ett rum i närheten på samma våning och där sitter Allan med en hög brev från arbetssökande. Enligt Peter, Bohusläningens främste reporter, är Allan en själlös typ. Han har misslyckats få vikariat på Kvällsposten och han hävdade att det berodde på att redaktionen hellre ville ha en ung blondin med stora bröst.

Jag presenterar mig för Allan och han förklarar att han måste ringa till tidningens layoutchef Karsten.

— Han bestämmer vilka redigerare som redaktionen ska ha, säger han.

Några minuter senare stiger Karsten in. Det är en man i medelåldern som går barfota och som ser ut som en luffare i sin skrynkliga, pösiga klädsel och burrigt lockiga hår som påminner om en svamp.

— Ni känner varandra, eller hur? undrar Allan.

— Ja, Karsten var en av mina lärare på journalisthögskolan. Han undervisade mig i redigering, förklarar jag.

— Redigering här är ett hårt jobb, påpekar Karsten.

— Det är det också på Bohusläningen.

Vi pratar om journalisthögskolan i Göteborg. Han håller med mig om att utbildningen är användbar för att den blandar praktik med teori men han ifrågasätter prefekten Roberts kamratliga umgänge med elever men också hans kompetens.

– Robert har en gammalmodig syn på journalistik, påstår Karsten. Han utgår från en återhållsam layout som infördes av Dagens Nyheter på fyrtiotalet.

– Jag tycker att han var seriös, säger jag. En gång såg jag honom krypa på golvet med elevernas prover i sitt rum när han höll på att rätta dem.

– Du har jobbet, du kan börja på måndag, säger han och lämnar rummet.

Jag skriver på ett anställningskontrakt för sju veckor på heltid som redigerare med chans till förlängning.

Nattchef i farten

Alltid ska det finnas någon jävla nattchef som vill sätta mig på plats trots att jag försöker vara flitig och vänlig. Det finns tydligen något hos mig som retar upp dem, tänker jag uppgivet från min plats i ett hörn på Kvällspostens centralredaktion på kvällen.

Jag tittar på teve sedan några timmar tillbaka medan nattchefen ger den ena uppgiften efter den andra till andra redigerare. Han till och med tilldelar jobb till en praktikant. Det verkar som om han vill att jag ska vara sysslolös för att visa alla på centralredaktionen att det var ett misstag av layoutchefen att ge mig ett vikariat.

Jag vet av min erfarenheter av Bohusläningen att nattchefer vill vara med om att bestämma vilka redigerare som ska få vikariat, eftersom det är de som ska jobba med dem. Uppenbarligen har layoutchefen struntar i det när han i all hast valde mig.

Till slut får jag nog och kliver fram till nattchefen som vänder sig sävligt mot mig.

– Jag står till förfogande, säger jag.

– Du kan rensa bort det som vi har publicerat, säger han och pekar mot en tjock mapp vid hans skrivbord.

Jag vet att den uppgiften inte ingår i mina arbetsuppgifter som journalist, men jag accepterar det ändå, så att han inte får för sig att jag är högfärdig. Jag sparar överstående texter genom att kolla i tidningar vad som har publicerats. Efter en timme återvänder jag till min plats och väntar på jobb medan de andra redigerarna är fullt upptagna med att layouta sidor, välja bilder och skriva rubriker och bildtexter.

Jag känner mig allt deppigare trots att jag aldrig tidigare har jag tjänat så bra på att inte göra någonting. Vid tiotiden på kvällen beslutar jag att prata med nattchefen igen.

– Det kunde hända att jag var utan jobb i slutet av min tid på Cityvarvet på grund av krisen men här har jag slagit ett rekord, säger jag.

– Så du har varit jobbare på ett skeppsvarv? frågar nattchefen med en förvånad uppsyn.

– Jag utbildades till finmekaniker på Cityvarvets industriskola, förtydligar jag.

– Det hade jag ingen aning om!

Nästa ögonblick ger han mig två sidor som jag ska fylla med en artikel om att det är premiär för Penninglotteriets skraplott Triss och en överstående krönika om en kurdisk organisation som misstänks för mordet på politikern Olof Palme och några notiser om småbrott runt om i Skåne.

Nattchefen till och med hjälper mig med layouten, så att jag ska hinna bli färdig i god tid före stopptiden medan han berättar att han har varit rörläggare på Kockums i Malmö. På den tiden hade varvet omkring fyra tusen anställda och verksamheten upptog hela hamnen. Han sörjer över att bolaget håller på att avveckla den civila fartygsproduktionen. För honom är varvet en symbol för arbetarstaden. Därför var det självklart för honom att delta i forna kollegers massiva protester på gator och torg.

Han berättar att det var en skada i ett knä som fick honom att välja ett annat yrke på sjuttiotalet. Vid ett besök på arbetsförmedlingen hittade han en broschyr om utbildningar och kurser på Skurups folkhögskolan. Han blev antagen på dess ettåriga journalistlinje och fick ett vikariat direkt efter utbildningen. Efter en kort period på Skånska Dagbladet anställdes han som redigerare på Kvällsposten.

– Vi är de enda på den här redaktionen som har varit jobbare. Det behövs fler journalister med sådana erfarenheter av arbetslivet, säger han.

– Det lär dröja, för de flesta elever på journalisthögskolan i Göteborg saknar den bakgrunden, de kommer från medelklassen, säger jag.

– Vi kan snacka mer om det till ett glas öl hemma hos mig, vi är ju ändå lediga i morgon, förslår nattchefen.

Kvinna med stil

En stilig, trettioårig kvinna i en falsk päls närmar sig mig medan jag väntar på att pågatåget till Malmö ska anlända till centralstationen i Lund.

– Har du en cigarett? frågar hon.

Jag ger kvinnan en cigarett och hon sätter sig invid mig och fingrar en stund med sirliga händer på en tändare.

– Jag vågade fråga dig för att du ser snäll ut, säger hon.

Hon undrar vem jag är och vad jag gör i Lund. Hon märker på min dialekt att jag från Västergötland.

– Jag är från Borås, svarade jag. Jag studerar engelska med föga framgång på Lunds universitet.

– Det har jag också gjort, säger hon.

Hon ställer fler frågor på ett vänligt nyfiket sätt och jag förklarar att jag har satsat allt på ett kort genom att flytta till Malmö som arbetslös, men att jag har räddats ekonomiskt i sista stund av ett vikariat på Kvällsposten.

Till slut känner jag mig irriterad och frågar:

– Vad sysslar du med?

– Jag är prostituerad, svarar hon rak på sak.

– Det är ett tufft och riskfyllt jobb i dessa tider då aids härjar, allt fler dör i den sjukdomen, säger jag.

– Jag har inget annat alternativ just nu.

Hon berättar att hon växte upp i byn Billinge i Mellanskåne. Efter gymnasiet arbetade hon som hembiträde i London i några år. Sedan började hon att studera engelska på universitetet och förälskade sig i en charmig, ung man som visade sig vara hallick. När han dömdes till fängelse för knarksmuggling fortsatte hon att sälja sex för att försörja sina två barn. Jag känner igen den berättelsen. Den verkar vara typisk för prostituerade och den finns i olika versioner.

Vi stiger på pågatåget och kvinnan sätter sig framför mig, hon för sitt långa, bruna hår bakåt och viker upp pälsen så att jag kan betrakta hennes späda kropp i en kort, åtsittande klänning. Jag har svårt att föreställa mig att den vänliga och prydliga kvinnan är prostituerad. Det enda som stör den eleganta helheten är hennes knallröda läppar.

Kanske hade hon stora förväntningar på livet som många andra unga kvinnor som flyttar från landsbygden till Malmö och Lund, tänker jag.

Det behövs bara att de blir förälskade i en destruktiv man för att deras drömmar ska krossas. Jag har mött flera rädda, ängsliga kvinnor som har misshandlats, förtryckts och kränkts av sin partner. För mig är det gåta att sådana män fortfarande får gå lösa i samhället.

Min mamma har överlevt två sådana män. Min pappa var våldsam, alkoholist och ständigt otrogen. Nästa make var visserligen nykterist, men han var psykopat och misshandlade henne psykiskt och fysiskt. Vardera äktenskap varade bara i sex år, men de har präglat mig. Jag klarar inte av att se filmer där män plågar kvinnor även om jag vet att det är fiktion.

Jag har redan lärt känna en prostituerad i min vardag i förorten. Min tjugotreåriga granne Anna finansierar sina studier på Lunds universitetet med att besöka äldre män. Hon har berättat att det finns fler prostituerade i Malmö än i någon annan stad i Sverige och att många av dem är beroende av droger. Hon tror att det beror på kommunens höga arbetslöshet och på stadens närhet till Köpenhamn.

— Är du på väg till jobbet? undrar jag.

154

– Ja, det kan man faktiskt kalla det, svarar hon och ler. Och du själv då?

– Jag ska hem och sova, det tar på krafterna att studera och jobba samtidigt, svarar jag.

Plötsligt reser kvinnan sig upp, hon ger mig en klapp på axeln och sätter sig framför en äldre man och jag inser med ens att hon redan har börjat jobba, hon raggar lämpliga kunder på pågatåget.

I min hand har jag hennes visitkort med telefonnummer där det står Gretas massagestudio, trettio procent rabatt för nya kunder.

Ett pass på natten

Jag har huvudvärk när jag kliver in i Kvällspostens stökiga centralredaktion klockan 17.30 för att jobba. Jag har druckit för mycket öl på ett samkväm för nattredaktionen på färjan mellan Limhamn och Dragör i förmiddags. Tidningen bjöd på stekt kött och drycker och kollegerna på skvaller om varandra.

Jag sätter mig vid en muskulös vikarie som jag blev kompis med på färjan. Han har varit fast anställd reporter på Hallandsposten efter att ha avlagt examen på journalisthögskolan i Stockholm. För några månader sedan flyttade han till sin flickvän i Malmö. Han är genuint begåvad i redigering och layout, men han har redan tröttnat på yrket och funderar nu på att söka till polishögskolan.

– Träffade du en läkardotter som heter Hanna när du bodde i Falkenberg? undrar jag.

– Ja, hon är dotter till en känd privatläkare. Vi gick på gymnasiet samtidigt. Det var en märklig familj, de höll sig mest för sig själva, berättar han.

– Hon var min första stora kärlek, men hennes far övertygade henne att det inte var lämpligt att hon var tillsammans med en arbetare. Jag slet på den tiden som serviceman på en däckfabrik i Borås.

– Du tycks fortfarande vara bitter över det.

– Nej, det var en nyttig påminnelse om att vi lever i ett hierarkiskt samhälle, där många värderar varandra efter plån-

156

bokens tjocklek och sociala ställning.

Jag redigerar klart några texter och skissar in dem på ett ark och går fram till nattchefen som ska godkänna arbetet, innan den skickas till sätteriet som monterar sidorna efter skissen.

– Du måste vässa topprubriken mer! uppmanar han.

– Jag har utgått från artikeln, säger jag.

– Då ändrar jag ingressens vinkel.

– Får man göra sådana ändringar?

– Vi gör det här!

Han skriver rutinerat snabbt om ingressen och jag återvänder till mitt skrivbord för att formulera en snärtigare rubrik. Det känns obehagligt, för det naggar på det jag har lärt mig på journalisthögskolan. Lärarna förklarade ofta att en rubrik alltid måste ha täckning i texten. Nattchefen har däremot vinklat ingressen så hårt att den betonar endast ett provokativt uttalande i artikeln för att han antar att den ska locka fler att spontant köpa tidningen.

I början var jag förvirrad på Kvällsposten, för jag fick ingen vägledning om regler för layout och redigering. Jag fick bara en lista på ord som jag måste undvika i rubriker eftersom de bedöms vara krångliga eller byråkratiska. Det förvånar mig att en så stor tidning saknar en redigeringsbibel trots att den har en meriterad layoutchef.

Redaktionen ger ett rörigt intryck. Lokalen är avlång och möblerad med skrivbord som står huller om buller och det finns inga väggar som skiljer borden åt men utrymmena är ändå uppdelade i revir. Redigerarna och reportrarna pratar knappt med varandra. Förhållandet mellan grupperna verkar vara som mellan kockar och servitörer på restauranger. Det är kocken som gör det hårda jobbet att laga maten men det är servitören som får dricksen och berömmet.

En tystlåten, mager nyhetschef sitter mest för sig själv i

ett hörn utan att på eget initiativ ta kontakt med kollegerna. Jag har påpekat det för nattchefen och han berättade att nyhetschefens introverta beteende hänger samman med att flera kolleger har ifrågasatt hans kompetens. Han bluffade till sig anställning på tidningen med falska meriter.

Efter hand märker jag att anställda redigerare ser till att boka extrajobb på helger för att det ger bäst betalt och att de jobbar medvetet i ett långsamt tempo och uppmanar mig att inte förstöra ackordet, som de uttrycker det. På min förra arbetsplats Bohusläningen var produktiviteten per redigerare mer än dubbelt högre.

– Kommer du med och käkar? I dag blir det kåldolmar, säger nattchefen som aldrig missar en måltid.

Matsalen ser ut som en restaurang och dagens rätt är alltid hemlagad och generöst tilltagen. Den är rena rama hälsofällan för den matglade, femtioårige nattchefen. Hans tjocka kropp har samma mjuka konsistens som en pudding och jag tänker att den mannen inte kommer att få uppleva livet som pensionär.

Vikarien sätter sig bredvid mig, han har bara valt sallad, ett glas juice och en banan.

– Jag har börjat skriva en deckare om ett spekulativt mordfall på en redaktion, säger han. Den handlar om en chefredaktör som slogs ihjäl med en skrivmaskin.

– Jag skriver också på en bok. Jag kallar den Vikarien. Prefekten Robert på journalisthögskolan ska syna den åt mig, förklarar jag.

– Han är inte längre prefekt, han har degraderats till en vanlig lärare för att han har varit full på jobbet och antastat elever, förklarar han.

Jag hinner i god tid bli klar med min sista sida innan arbetspasset slutar klockan två på natten. Jag tar taxi hem till förorten som tidningen betalar.

I sinom tid

Jag håller krampaktigt om Berits stjärt, när hon böjer sig neråt så att min utlösning hamnar djupare i skötet som kniper sig fast om penisen som om den ville suga åt sig den sista droppen sperma.

Det är vårt tredje försök att få ett barn tillsammans, den här gången i en möblerad lägenhet som jag hyr i andra hand i förorten Söderkulla. Hon anlände för en vecka sedan till Malmö efter att ha kört nonstop från Hamburg med ägglossning på gång.

Vi sjunker ihop invid varandra, trötta och svettiga men lättade. Hon masserar försiktigt min pung, eftersom den värker efter utlösningen. Jag tror att det beror på att vi tömmer den på sperma två, tre gånger om dygnet.

Efter en stund går hon in på toaletten medan jag sätter på vattenkokaren och värmer några kanelbullar i ugnen. Vi dricker snabbkaffe och röker som vi brukar göra efter ett samlag, ofta utan att säga någonting för att hålla kvar den magiska känslan som omger oss när vi försöker förena våra gener för evigt för framtida generationer.

Vi planerar att bo och arbeta tillsammans i Sverige. Hon ska begära tjänstledigt från jobbet om hon blir gravid. Vi har redan etablerat kontakt med några tyska tidningar som vill betala för reportage om turism, natur, jakt och fiske i Sverige.

– Vi skulle kunna leva tillsammans även om jag misslyckas att bli gravid, föreslår Berit oväntat.

– Ja, varför inte? Det vore mer praktiskt att vi i första hand koncentrerar oss på jobb, säger jag. Barnet får helt enkelt komma när den rätta tiden är inne.

– Det tycker jag också.

Berit fimpar cigaretten och lägger sig på sidan i sängen vänd mot väggen. Jag trycker mig tätt mot hennes rygg och omfamnade henne som vi har gjort sedan vår första natt tillsammans.

Klockan fem på natten vaknar jag skrikande medan Berit håller om mig som om jag vore ett barn som måste tröstas. Det känns som om jag håller på att kvävas.

– Kan du släppa taget om mig, vädjar jag.

– Du har haft en mardröm igen, säger hon.

Berit släpper mig, jag stönar av trötthet och lämnar sängen med ett hårt bultande hjärta. Ångestanfallet är det andra under Berits besök hos mig. Förra gången skrek jag efter hjälp i sömnen. Berit trodde att jag oroade mig för att vi ska misslyckas med våra planer. Jag skämtade bort det med att ljuga att jag drömde om vampyrer som angrep mig.

Jag vill inte att hon ska erfara i vilken oviss situation jag befinner mig, för det kan oroa henne. Det räcker att hon vet att jag åter är arbetslös och stämplar på arbetsförmedlingen efter sju veckors vikariat på Kvällsposten. Redaktionssekreterare ville inte förlänga vikariatet efter det att en av tidningens blonda, sexiga reportrar hade klagat över att jag inte hälsade på henne. Jag förklarade uppriktigt att det berodde på att hon gjorde mig nervös med sina kåta blickar.

Det ger mig ångest att jag inte har något annat jobb på gång. Jag vet inte hur jag ska klara av att betala hyran och andra räkningar och till råga på allt elände har jag fått avslag för ett studielån för kursen i engelska på Lunds universitet, eftersom jag misslyckats slutföra mitt fördjupningsarbete på tyska institutionen i Göteborg. Min handledare underkände

160

även den sista versionen. Jag tror att han märkte att jag har fått hjälp med den. Berit har i princip skrivit hela den sista versionen.

Jag staplar in till toaletten, jag pissar och sköljer ansiktet i kallt vatten för att lindra ångesten. När jag återvänder till sängen har Berit somnat om. Jag trycker mig tätt mot hennes varma, nakna kropp med den ena handen mot hennes bröst och lyssnar på hennes rogivande lugna andning som framkallar en trygg känsla hos mig.

Osäkert läge

en guldaffär synar en gubbe med en lupp fyra guldringar som min mamma har postat till mig. Hon har fått dem från sina två misslyckade äktenskap. Sedan ger han mig två tusen två hundra kronor för dem. Jag hoppades få mer pengar för guldet, för de kommer inte att räcka tills jag får pengar från arbetslöshetskassan.

Jag fick en hyfsad lön på Kvällsposten under mina sju veckor på tidningen jämfört med det jag tjänade på Bohusläningen som vikarie, men pengarna har jag använt för att betala skulder och handla nya skor och kläder. Jag måste, hur som helst, ordna ett nytt vikariat så snart som möjligt, för det är besvärligt att leva på arbetslöshetskassan.

För en vecka sedan gav jag upp mina studier i engelska på universitetet i Lund, för jag kom hopplöst efter när jag jobbade på Kvällsposten. Jag klarade visserligen testet i förkunskap, men för att genomföra kursen måste man plugga regelbundet.

Det enda positiva är att tyska magasin är intresserade av att ha mig som medarbetare men jag behöver ett lån till en bil, en skrivmaskin och en modern systemkamera med blixt för att kunna börja producera reportage om Sverige, men ingen bank lånar pengar till en fattig, arbetslös journalist.

Jag steker några skivor blodpudding. Att äta, sova och glo på teve är det enda jag gjort de senaste dagarna. Jag är utled på att bo i förorten, den kväver mig med sin sterila, fantasilösa omgivning. På något sätt måste jag komma ur den här hopplösa tillvaron, i annat fall blir jag galen eller hamnar på gatan som uteliggare som det finns gott om i Malmö.

Mina tankar börjar åter cirkulera kring min osäkra situation, när jag äter blodpuddingen och tittar på nyheter på Rapport om att det har hittas mer miljöfarliga kemikalier på tomten som BT Kemi förgiftade i Teckomatorp i Skåne under sjuttiotalet.

Men det känns som om världen utanför lägenheten inte längre angår mig, nu när jag befinner mig i ett mycket osäkert läge och är ensam med mina dystra tankar. De enda mänskliga kontakterna som jag haft i dag är två telefonsamtal.

Pensionären som hyr ut lägenheten ville ha betalt för hyran. Han föreslog också att jag skulle äta middag hos honom i helgen. Senare på eftermiddagen meddelade Berit att hon inte blev gravid trots att vi älskade varje dag i två veckor. Jag andades lättad ut, för jag inser att min osäkra situation inte har någon plats för barn.

Jag ska antagligen besöka arbetsförmedlingen nästa vecka. Det sade i alla fall arbetsförmedlaren, när jag ringde honom. Han lät irriterad som många andra tjänstemän på myndigheter som glömt att de ska tjäna folket. Han får mig att känna mig som en tiggare när jag stämplar för att få pengar från arbetslöshetskassan och jag oroas av att han ska tvinga mig acceptera ett annat jobb än det jag har utbildat mig för.

Det är oerhört påfrestande att leva på gränsen hela tiden. Jag har gjort det i princip hela tiden som studerande och som vikarie. Det verkar som om jag aldrig kan ta mig ur det ekonomiskt fattiga livet, oavsett hur hårt jag kämpar. Även om jag får fast anställning kommer jag att få det knapert, dels är journalistens lön låg i början, dels måste jag betala tillbaka mitt studielån.

Mina studier är hittills en felsatsning. Jag kan bara konsta-

163

tera att jag var naiv när jag valde yrke med hjärtat i stället för hjärnan.

En ångestattack väcker mig sent på kvällen, jag har somnat framför teven. Jag stänger av den och börjar förstrött att bläddra i min roman, Dödskallens förälskelse, som har nobbats av ett tiotal bokförlag. Den handlar om en fiskare som får en dödskalle på kroken vars ande tar honom i besittning för att han ska bevisa att hon mördades av en rik godsägare. Det är inledningen till en historia om förtryck och våld som den mäktige mannen utövade på sina drängar och pigor i början av 1900-talet.

Jag undrar för mig själv varför den originella berättelsen inte dög. Om redaktörer bara gav sig tid att förklara refuseringen, skulle det ha hjälpt mig vidare med boken. Jag misstänker att förlagen får så många manuskript att de inte ens hinner bläddra i dem.

Jag överväger att någon gång låta en ung kvinna med långt, blont hår posta ett av mina refuserade manuskript i sitt namn och bifoga en sexig bild på sig själv. Då kanske lektörerna åtminstone orkar öppna boken och upptäcka att texten håller hyfsad kvalitet.

Min senaste bok, Vikarien, skrev jag om fyra gånger, förkastade några kapitel och lade till nya, innan jag häromdagen postade den till Robert som undervisade mig i redigering på journalisthögskolan. Han har lovat att kolla den, ge ett omdöme och göra anmärkningar.

Jag hämtar en bulle och en kopp te i köket och sätter mig framför teven för att se hyrfilmen Chinatown som jag redan sett några gånger.

Jobb i sista stund

Det är fortfarande upptaget, säger en kvinna i växeln på Sydsvenska Dagbladet.

Jag sitter i köket, tänder en ny cigarett och väntar otåligt på att redaktionssekreteraren ska bli ledig för ett samtal. Jag ämnar fråga om tidningen behöver en redigerare som kan hoppa in på kort varsel på vilken tid som helst.

Det är ingen idé att söka vikariat på Kvällsposten igen. Jag utgår från att tidningen har svartlistat mig för att en ung reporter med blont hår, kurvig figur och toppade bröst klagade hos chefer över att jag inte hälsade på henne. Kolleger brydde sig inte ens om att tacka av mig på min sista arbetsdag och på min plats fanns redan en ny vikarie.

Jag bedömer att det också är kört för mig på Arbetet trots att tidningen söker redigerare. Redaktionssekreteraren har förklarat att min personlighet inte passar på centralredaktionen. Han förnekade att det är en merit vara medlem hos socialdemokraterna, men jag är övertygad om att han ljög, eftersom han undrade varför jag hade lämnat partiet. Han måste ha kollat det i partiets register. Jag kände mig djupt besviken, för jag trodde att det var en fördel att jag har varit arbetare. Antagligen misstänkte han att jag var kommunist.

Jag vill helst jobba på Sydsvenska Dagbladet. Det är en seriös tidning med journalistiska texter och layout. Redan i somras var jag på väg dit, men Bohusläningen mer eller mindre tvingade mig att skriva på ett nytt kontrakt två dygn innan

165

den andra tidningen erbjöd mig ett längre vikariat som antagligen hade gett mig bättre förutsättningar att hitta min plats i branschen.

– Det var trevligt att du hörde av dig igen, jag måste tyvärr meddela dig att vi inte har något vikariat för dig just nu, men kontakta mig på våren, så får vi se vad vi har att erbjuda dig, säger redaktionssekreteraren hurtigt.

Jag sjunker ihop på stolen med telefonluren i handen, jag är alldeles förtvivlad, för jag klarar mig inte ekonomiskt att vänta så länge på ett jobb. Jag fattar ett desperat beslut, jag ska på eget bevåg besöka Skånska Dagbladet trots att dess administrative redaktör skrek i telefon att han inte har tid för samtal med mig.

Jag har hela tiden haft Skånska Dagbladet längst ner på önskelistan, eftersom kolleger har påpekat att centralredaktionen är som ett dårhus. Tidningen har en slarvig, amatörmässig layout och många texter håller låg journalistisk kvalitet. Jag har fått intrycket att målet bara är att fylla tidningen med material för att få ut presstöd för sina tjugoåtta tusen prenumeranter runt om i Skåne.

Skånska Dagbladet ligger i stadens centrum på Österlånggatan i en byggnad som ägaren lät bygga på fyrtiotalet. Tidningens centralredaktion huserar på tredje våningen. Det är bara att kliva in i entrén, för det finns ingen vaktmästare eller porttelefon som hos Sydsvenskan, Arbetet och Kvällsposten. Vilken missnöjd läsare som helst skulle kunna kasta en bomb till journalisterna.

Jag stiger in i en bullrig, rökig centralredaktion och får veta att tidningen har fått en ny administrativ redaktör. Han kommer gående i en lång korridor med stängda dörrar. Det är en mager, ung man vid namn Per.

Han presenterar sig artigt och förklarar att han i all hast fått sluta som tidningens lokalreporter i Landskrona för att ersätta den förre som avgick efter en konflikt med ledningen och som nu tjurar i ett hörn mecan han på arbetstid söker jobb på andra företag.

— Behöver ni en redigerare? undrar jag.

— Är du bra på det? frågar Per.

— Ja, jag har redigerat i tre år.

— Kan du börja i morgon klockan 15.30?

— Ja, det kan jag, svarar jag.

— Bra, då är vi överens.

Jag är förbluffad, när jag stiger ut, för han har inte frågat efter mina betyg och referenser som om det inte spelar någon roll vem som hoppar in som redigerare. Han har gett mig en chans utan förutfattade meningar.

Jag sätter mig i ett kafé för att syna Skånska Dagbladet i detalj. Det är en plåga att läsa den, men jag beslutar mig för att se det som en utmaning att försöka förbättra dess journalistik, inte som en besservisser som det dräller av i branschen, utan framför allt som en hygglig medarbetare som har fokus på att göra ett hyfsat jobb.

Knepiga chefer

Jag blir förskräckt av bankomatens besked: Inga uttag medges. Jag är pank igen! Och det är hela tio dagar kvar till löning och jag är i akut behov av pengar.

Jag återvänder till Skånska Dagbladet medan jag funderar på hur jag ska lösa situationen. Jag har ringt min mamma, men det dröjer några dagar innan hennes fem hundra kronor kommer fram med posten och under tiden behöver jag pengar för livsmedel och bussbiljetter. Jag beslutar att be om förskott för första gången på tidningen. Den har ett avtal med fackklubben som tillåter det.

Jag stiger in i redaktionschefens lilla, rökiga rum på centralredaktionen.

– Jag skulle behöva fem hundra kronor i förskott i dag, säger jag.

– Inga problem, ta den här reversen men kolla för säkerhets skull med fru Ottosson om det räcker med min underskrift, förklarar han.

Direktörens hustru tilltalas av någon anledning alltid som fru Ottosson. Hon har en oklar ställning på Skånska Dagbladet. Ibland sitter hon i kassan, ibland fixar hon mat för samkväm eller sorterade bilder på arkivet eller vattnar redaktionens krukväxter. Men hon anses ha ett stort inflytande på tidningen.

Jag går upp till fjärde våningen, där administrationen och de högsta cheferna huserar och stiger in till fru Ottosson. Hon

168

ser mäkta förvånad ut, när hon synar reversen och hänvisar mig prompt till ekonomichefen.

Jag knackar på ekonomichefens öppna dörr, han är upptagen med ett telefonsamtal med sin hustru, så jag måste vänta tio minuter innan jag får stiga in. Det är en typisk tjänsteman som är oklanderligt klädd i en bländande vit skjorta, perfekt pressade byxor och en slips med ett märke från en Rotaryklubb.

– Har du tid för ett ögonblick? undrar jag försynt, för jag vet av erfarenhet att många högre tjänstemän vill att man ska bemöta dem med vördnad.

– Om det går fort, svarar han bestämt.

Jag lägger reversen på skrivbordet framför honom.

– Den tar jag hand om, jag måste tala med redaktionschefen om saken, säger han.

Förvirrad återvänder jag till centralredaktionen. Det är uppenbarligen omöjligt att få förskott på det här tidningen, åtminstone om man är vikarie, tänker jag. Något liknande har jag aldrig tidigare under mitt arbetsliv upplevt. Alla företag har beviljat mig förskott.

Jag kliver in hos redaktionschefen som genast ringer till ekonomichefen och säger flabbande:

– Jag visste att du inte skulle godkänna det!

Han beklagar leende att det inte räcker med hans underskrift och jag inser att han har använt mig för att testa sin befogenhet.

– Du får göra som alla andra, be om pengarna hos chefredaktören, säger han flinande. Knacka tre gånger på hans dörr, det betyder att jag har skickat dig dit.

– Men vad händer om jag knackar fyra gånger av misstag? frågar jag.

– Då måste du vänta några minuter och sedan göra om den rätta knackningen.

169

– Jag fixar förskott på något annat sätt, säger jag behärskat, för jag inser att han driver med mig.

– Så ska det låta! utropar han.

Jag vågar inte störa chefredaktören med mitt problem, för han är beryktad för att kränka kolleger som ber om förskott och högre löner. Han häckar mest i sitt rum för att skriva recensioner om teater och skönlitteratur som är hans stora intressen och han pratar ibland timvis i ett sträck i telefon med frilansare som skriver om kultur i Malmö. Vid arbetstidens slut brukar han smita tyst ut via bakvägen.

Mina tankar snurrar runt efter möjligheter som kan ta mig ur min knipa tills jag får syn på en redigerare som ska jobba med mig i kväll. Han är storspelare och har nyligen vunnit cirka sjuttio tusen kronor på trav. Jag rusar fram till honom. Det är bättre att omedelbart göra det obehagliga, för ju längre jag tvekar, desto svårare blir det.

Jag förklarar min vanskliga situation för honom och beklagar mig över att redaktionschefen har gjort sig lustig över mig.

– Välkommen till dårhuset, säger han och tipsar om att fackklubben kan ordna förskott.

– Men jag behöver akut fem hundra kronor.

Han öppnar plånboken som är fylld med sedlar.

– Du får låna tusen kronor, då är det lättare för mig att komma ihåg det.

Lektion i journalistik

Ett bra löp bjuder ut sig om en hora för att sälja lösnummer, den ska locka så många som möjligt att spontant köpa tidningen, därför behöver inte alltid den bästa och viktigaste nyheten få den största rubriken, förklarar en alkoholiserad redigerare vid namn Gunnar för mig på Skånska Dagbladets centralredaktion.

– Nu låter du som den tjocke nattchefen som jag lärde känna som vikarie på Kvällsposten. Han håller på att äta ihjäl sig på hemlagad mat, säger jag.

– Jag vet vem du menar, han dög inte på Skånskan, han jobbade för långsamt.

– Han är i alla fall mästerlig på att skapa säljande löp på allt från övergivna katter till kändisars sjukdomar.

Jag ska vara nattchef för första gången trots att jag bara är vikarie, eftersom den ordinarie blev akut sjuk. Det innebär att jag har det slutliga ansvaret för utgivningen. Samtidigt ska jag göra tidningens första sidor och löp för fyra editioner. Vanligtvis diskuteras detta med nyhetschefen vid överlämningen, men i kväll festar han med andra chefer på färjan mellan Limhamn och Dragör.

Jag måste förlita mig på Gunnars kunskaper, eftersom de två andra medarbetarna är vikarier också. Han var en gång tidningens lysande stjärna men han har supit bort alla sina möjligheter till karriär och hälsa under sina trettio år som journalist på Skånska Dagbladet.

171

Han är i femtioårsåldern men ser märkbart äldre ut med sitt fårade, grådaskiga ansikte och magra, kutryggiga kropp och vattniga ögon.

Efter många förmaningar och några skarpa varningar fick ledningen nog och placerade om Gunnar från nattchef till redigerare och sänkte hans lön men han fortsätter ändå att dricka på arbetstid. Han går regelbundet till sin gömda flaska under diskbänken i köket.

Jag kan bara hoppas på att han inte blir för berusad innan tidningen är klar att tryckas omkring midnatt, för han besitter den kunskap som jag saknar om tidningens rutiner och interna regler.

– Vilken nyhet ska jag välja för löpen? frågar jag ängsligt.

– Det mest säljande nyheten är den som berör de flesta av tidningens läsare i deras geografiska närhet, förklarar han. De andra nyheterna får de via radio och teve.

På journalisthögskolan nämnde lärarna bara förbigående om den svåra konsten att göra lockande löp som kan tillfälligt höja upplagen. I stället betonade de att det är mer säljande på lång sikt att publicera korrekta texter, eftersom språkliga misstag och felaktiga uppgifter fräter på tidningens trovärdighet. Just det strider mot ledningens strategi att producera Skånska Dagbladet så billigt som möjligt. Jag har fått höra att tidningen kallas Felbladet. Jag tror att det är en orsak till att upplagan sjunker långsamt men stadigt.

– Får jag sparken om jag väljer fel nyhet? frågar jag.

– Nej, inte så länge du har tillräcklig täckning för rubrikerna på löpet, för lurade läsare är svåra att vinna tillbaka, svarar Gunnar.

Han återvänder till sin flaska i köket medan jag funderar på löpet. Jag bedömer att polisens utredning om mordet på politikern Olof Palme är bäst. Satsningen har kostat trettio miljoner kronor och är därmed den dyraste och största hittills. Jag antar att den höga kostnaden även har upprört många skåningar.

När Gunnar återvänder till redaktionen förkastar han omedelbart mitt förlag.

– Den nyheten fungerar bara på de stora rikstidningarna som har resurser att göra en egen vinkel på den, på Skånskan måste vi först och främst tänka lokalt, det är vår styrka. Varje edition ska helst ha ett eget löp, exempelvis en Hörbyprofil har åter åkt dit för rattfylleri. Under varje lokalt löp kan vi skriva att en Eslövspolitiker kräver att chefen för Palmeutredningen ska avskedas.

– Men en sådan text har vi inte i tidningen!

– Jag fixar det, jag lägger in texten på insändarsidan. Den använde vi för en vecka sedan men den är nu mer aktuell än tidigare.

Jag ger upp och låter den allt mer sluddrande Gunnar fixa löpen innan han blir för berusad. Han gör det automatiskt och snabbt som om han redan har skrivit samma rubriker många gånger tidigare. Det enda jag behöver göra är att skicka de färdiga löpen via rörposten till sätteriet.

Vällust i fokus

Jag tvålar in mig i duschen medan Pernilla sitter på toalettstolen och pissar. Jag har inget emot att visa mig naken inför henne, för jag är stolt över min kropp. Den är smidig, stark och muskulös. Jag vore helt nöjd, om min penis var längre och tjockare, men den är i alla fall uthållig och orkar hålla sig erigerad länge.

När jag är klar räcker hon mig sina glasögon med tjocka glas och stiger in i duschen.

– Var rädd om glasögonen, utan dem är jag halvblind, påpekar hon.

Telefonen ringer envist. Det är som vanligt min vän Maud på Söderslätt.

– Du måste hjälpa mig att fixa taket, det läcker in igen, säger hon förtvivlat.

– Kan inte din nye kille hjälpa dig?

– Han har lämnat mig ...

Jag återvänder till badrummet, sätter mig på toalettstolen för att betrakta Pernilla. Hon njuter av att smekta sina fasta bröst, sin kulliga mage och buskiga sköte med det heta vattnet från duschen. Det ser ut som om hon förför sig själv.

– Du har ovanligt kvinnlig kropp, säger jag.

– Det märker du först nu, säger hon och skrattar.

– Jag har inte sett på dig på det sättet förut.

Hon vill stanna hos mig några dagar innan hon reser vidare till Köpenhamn och därefter till Hamburg för att besöka kompisar, innan hon återvänder till Göteborg för att avsluta sin utbildning till gymnasielärare. Under de tre terminerna på tyska institutionen som vi var klasskamrater blev hon och hennes bästa vän Helena mina mest förtrogna.

I min ensamhet i Malmö har jag skrivit brev till de kvinnor som jag saknar med en vädjan om att besöka mig. Jag har skrivit till redigeraren Annicka på Bohusläningen som flödade av medömkan för mig, men hon svarade att hon var gravid och har flyttat från sin svartsjuke pojkvän som är den blivande fadern. Inte heller den godhjärtade Maria på korrekturet kunde komma. Hon svarade med ett vykort att hon har inlett ett förhållande med tidningens stjärnreporter och ska praktisera som redigerare.

Jag både skrev och ringde till Helena i Göteborg som bara kunde lova att hälsa på hos mig när hon har vägarna förbi med Pernilla, men i stället gjorde hon ett misslyckat försök att begå självmord.

– Varför ville Helena dö? Hon har ju allt, hon är vacker, har trevliga föräldrar, klarar enkelt utbildningen och har beundrare, säger jag.

– Jag tror att hon innerst kände sig olycklig för att alla blir kära i henne men hon blir det aldrig själv, förklarar Pernilla.

– Jag var förälskad i henne, erkänner jag.

– Det har jag varit hela tiden, säger Pernilla.

Hon ruskar om sitt burriga, bruna hår med en handduk och klappar till mig på stjärten och säger:

– Nu går vi till sängs.

– Självklart! säger jag och drar ut telefonkontakten för säkerhets skull.

Jag hinner knappt lägga mig i sängen, innan Pernilla placerar sig över mig i en omfamning som om hon vill gömma mig med sin frodigt storvuxna kropp. Tigande håller hon mig kvar i sitt grepp. Något liknande har jag aldrig tidigare upplevt

175

och inte ens i min fantasi har jag kunnat föreställa mig att det är en njutning av att bara ligga still och tyst under en kvinna och lyssna på hennes andning, känna hennes pulserande värme och uppfyllas av hennes stegrande lust. Jag inser att hon introducerar mig i en njutning som hon benämner som meditativt sex.

Efter den utdragna akten känner jag mig totalt befriad från dåligt samvete över att jag är otrogen min flickvän Berit och jag inser att jag älskar Pernilla, men jag vill tills vidare behålla det för mig själv, eftersom hon fortfarande tycks betrakta mig som en hållplats på sin väg i livet.

– Vem ringde? undrar hon.

– En kompis, hon vill att jag ska laga taket.

– Jag tycker att du ska hjälpa henne.

– Jag vet inte det, säger jag, min tvekan beror på att jag är orolig över att Pernilla ska ändra sig och fortsätta sin resa när jag är hos Maud, men till slut övertalar hon mig att åka.

Jag möter en förtvivlad Maud utanför hennes risiga skånelänga som åter har skadats av de starka höstliga vindarna på Söderslätt. Jag hämtar en stege och klättrar upp på taket med en hel nock. Det är blåsigt, kyligt och regnigt men till slut lyckas jag ersätta nocken som vinden har slitit loss.

När jag återvänder till min lägenhet håller Pernilla på att laga mat. Jag suckar av lättnad och stapplar in i köket med värkande känslor i bröstkorgen och ber henne att omfamna mig en stund mot smärtan.

– Jag tror att du har blivit förkyld, säger hon.

Julgran till varje pris

J ag kör långsamt mot Malmö, för det snöar, det är disigt och det håller snabbt på att bli mörkt medan kollegan Christina håller om en gran som vi har sågat ner på tomten till hennes stuga i en skog utanför Sjöbo. Den lilla, slingrande grusvägen till stugan var hal och på några ställen låg några centimeter djup snö. Flera gånger höll bilen på att fastna i diket. Vinterdäck ingick inte i köpet till min begagnade bil som jag nyligen köpte med ett banklån på fyrtioåtta tusen kronor. Jag räknade inte med att det kan bli lika vintrigt i Skåne som i min hemstad Borås.

Hon vill ha granen för sin familj i Köpenhamn till varje pris och jag kan inte neka att hjälpa henne, för hon var den första kollegan som behandlade mig som jämbördig redan på min första dag som vikarie på Skånska Dagbladet och hon bidrog till att jag anställdes som redigerare.

Anställningen kom som en överraskning för mig. Den nya administrativa redaktören diskuterade inte ens det med mig. Han kom bara förbi, klappade mig på axeln och sade förbigående att jag var fast anställd. Senare erfor jag att det var redigeraren Christina och nattchefen Margareta som rekommenderade mig. Det var första gången som jag anställdes utan att skriva på ett kontrakt.

— Älskad mor dog med julgran i famnen, det hade blivit en säljande rubrik, om vi hade kört fast i skogen, säger jag.

— Vi hade inte alls frusit ihjäl, vi hade i stället övernattat i

177

stugan som har en rejäl vedkamin, säger Christina.

– Det var i alla fall ett under att vi klarade det, påpekar jag för att förstora min insats.

Jag kör in i Malmö centrum och parkerar bilen på Skånska Dagbladets parkering bakom tidningshuset. Vi lämnar granen i bilen och stiger in på centralredaktionen. Klockan visar 16.30, vi är en timme försenade.

I kväll jobbar Christina med utrikes och inrikes från Tidningarnas telegrambyrå, jag ska producera sidor med skånska nyheter och nattchefen Margareta fixa fyra olika förstasidor och löp, en för varje edition, och samtidigt hålla ett öga på en femtioårig, alkoholiserad redigerare som kollar skissade sidor som lokalreportrar skickar via en fax och samtidigt ta emot deras negativ som kommer med ett postbud till centralredaktionen för att framkallas av fotografer.

Margareta är på så gott humör att hon bjuder på hembakade kakor. Hon är en liten, späd kvinna med en stark vilja och psyke, som har härdats av att oftast vara ensam kvinna bland män på lokaltidningar i Skåne. Till och med chefredaktören fruktar hennes vassa repliker. Men jag känner mig trygg med henne, hon är ärlig och rejäl och håller mobbande tendenser på avstånd.

Hon och Christina är bästa vänner och är de enda kvinnorna på nattredaktionen. De beter sig rak på sak mot kollegerna. När de skriver en urusel artikel får de också veta det. Det uppfattar vissa gamla reportrar som kränkande, för de inbillar sig att deras texter är heliga.

Christina är den mest meriterade journalisten på Skånska Dagbladet, hon har studerat på journalisthögskolan och på universitet och har jobbat på Dagens Nyheter. När hon gifte sig med en dansk adjunkt och flyttade till Köpenhamn, valde hon Skånska Dagbladet, eftersom den tidningen ligger på gångavstånd till flygbåten vid centralstationen. Arbetet,

Kvällsposten och Sydsvenska Dagbladet ligger utanför centrum.

Margareta ger mig telefonluren och säger:

– Det är en tysk kvinna som vill prata med dig.

Jag tar emot luren med en darrande hand, för jag befarar det värsta efter mitt senaste brev till Berit. Jag har skrivit att jag inte längre har några känslor för henne men att jag ändå vill att vi ska arbeta tillsammans med tyska tidningar.

Det är tyst i luren, men jag hör Berit andas tungt:

– Jag vet inte hur jag ska säga det, säger hon.

– Säg det som du tänker, föreslår jag.

– Arschloch! skriker hon så högt att jag tappars luren medan ordet ekar i mitt huvud.

– Den där tyskan lät arg, vad sa hon? undrar Margareta.

– Hon sa att jag är en skitstövel.

– Varför tycker hon det?

– Jag älskar inte henne längre.

– Vänskap är faktiskt viktigare än känslor i ett förhållande på lång sikt, förklarar hon. Känslor kommer och går, men vänskap består. Jag tycker att du ska ge det en chans till.

– Nej, inte nu när jag vet hur vansinnigt ilsken hon kan bli, säger jag.

De skånska nyheterna blir en påminnelse om det vintriga vädret. Ett referat från Hörbyredaktionen berättar om sex olyckor. Bilister har som vanligt överraskats av halkan. De har inte anpassat farten efter vädret. Det märkte jag, när jag körde till Malmö. Jag höll hastigheten men jag blev ändå ständigt omkörd.

Christina får sluta tidigare, så vid tjugotretiden skjutsar jag henne till en flygbåt vid den inre hamnen vid centralstationen. Vi drar ut granen ur bilen och släpar in den på terminalen. Sedan måste hon själv hanka med den på flygbåten. Vid ankomsten ska hon hämtas hon av sin make.

– Det vore mycket enklare att köpa granen i Köpenhamn, säger jag.

– Mina barn vill ha just den här granen, de valde den redan i somras.

Så talar den goda mamman, tänker jag och återvänder till tidningen för att jobba till klockan ett på natten.

Nytt år i ensamhet

Jag sätter mig framför teven som direktsänder nyårsfiran-det i Stockholm, jag fyller ett glas med vin och placerar min tjocka katt Måns i knät. Skådespelaren Jarl Kulle står på en scen på Skansen och reciterar högtidligt Ring, klocka, ring ur dikten Nyårsklockan fram till tolvslaget för år 1987. Jag kan inte låta bli att skratta åt spektaklet, för det låter löjligt just för att det är så högdraget.

– Ett gott nytt år! önskar Jarl Kulle högstämt medan hu-vudstadens svarta himmel lyses upp av ett ljudande, smällan-de fyrverkeri.

Jag är ensam med katten i min mammas lägenhet i Borås och det har jag inget emot, för jag har aldrig gillat fixeringen vid ett nytt år, då allt ska bli bättre än det gamla. Men det blir det sällan. Oftast blir allt snabbt som vanligt igen.

Mamma och min bror firar nyår tillsammans med hennes alkoholiserade, sextioårige särbo. Jag kunde inte följa med dem, eftersom jag bojkottar honom. För mig är han en bluff som döljer sin ynkliga uppenbarelse bakom en dyr kostym, en slips och en hatt. Han har undan för undan förslösat sitt arv på åtta klädbutiker, så att han nu bara ett ställe kvar och det ligger vid Svinesundsbron. Hans utbud består av fabrikers överstående kläder och kunderna är norrmän och turister. På fritiden fångar han krabbor som han säljer i Borås.

Jag har tolererat honom för min mammas skull. Jag har haft överseende med hans själviskhet, falskhet, alkoholism och förakt för de svaga ända sedan han klev in i mammans liv några år efter hennes andra skilsmässa. Det tycks vara hennes öde att bli förtjust i urusla personligheter. Det enda han är generös med är skryt om sin egna förträfflighet.

Jag fick nog av mannen när han en kväll spydde redlös i mammas säng och skrek att hon var en ryssjävel. Jag tog mannen i kragen och sade att han var en parasit medan jag ledde ut honom ur lägenheten.

Min morbror ringer, han firar som vanligt nyår ensam i sin stuga på landsbygden utanför Borås.

– I dag är det många som är ensamma, mumlar han fundersamt.

– Ja, och många har börjat supa igen, säger jag.

– Jag har inte druckit en droppe sprit!

– Det låter ju som ett nyårslöfte.

– Jag är spiknykter!

– Varför sluddrar du då?

– Jag slog i huvudet när jag ramlade! skriker han och slänger på luren.

Inför det nya året har jag i alla fall inte gett några löften att bli vänligare och tolerantare, bättre på att utnyttja tiden och sluta röka. Jag vet av erfarenhet att jag bryter sådana löften redan inom några dygn på det nya året.

Det har varit ett händelserikt och omtumlade år för mig. Mordet på politikern Olof Palme chockade mig, katastrofen med kärnkraftverket i Tjernobyl i Ukraina var en skrämmande upplevelse och sjukdomen aids har ändrat mitt beteende som älskare, så att jag har slutat att slicka sköten och att kyssas. Jag har fått fast anställning som journalist och jag har blivit förälskad i Pernilla som var en av mina bästa vänner på tyska institutionen. Hon älskar så gudomligt att jag glömmer att jag är dödlig. Men hon har förklarat att hon bara vill ha mig som vän tills vidare för att utröna om jag passar in i hennes planer för framtiden.

Jag har också skrivit färdigt min bok Vikarien om mina er-
farenheter som vikarie på tidningar som läraren Robert på
journalisthögskolan har kollat och skrivit att jag måste justera
några kapitel. Hans omdöme kostade mig fem hundra kronor.
Jag tvivlar på om det är lönt att skicka den till bokförlag, när
redaktörer inte ens öppnar alla manus som de får.

– Ett gott nytt år, Måns, säger jag till katten och pussar den
på hjässan.

Måns struntar i nyåret, den äter, skiter och slöar som van-
ligt. Katten bryr sig inte ens om att raketer och smällare som
blixtrar och dånar över Borås centrum. Han vet nog inte ens
att det är ett nytt år trots att han är över tolv år gammal. Det
oroar mig att han har börjat visa tecken på åldrande. Mamma
tror att orsaken till hans ständiga jämmer beror på att han har
drabbats av cancer.

Maud ringer som hon har lovat. Hon sitter ensam med
tre katter i sin dragiga skånelänga på Söderslätt, för hennes
senaste pojkvän lämnade henne redan efter två månaders
samvaro. Jag antar att han inte längre orkade delta i husets
renovering. I höstas hjälpte jag henne att laga taket. Det var
kallt och fuktigt så att jag blev förkyld.

– Har du några planer för det nya året? frågar hon

– Nej, jag ska improvisera med 1987.

Jag häller upp ett nytt glas vin och gör mig redo för ett
långt samtal om hennes funderingar om livet och framtiden.

– Jag och mitt ansikte ska till Stockholm nästa helg, säger
hon. Jag ska träffa en kille, jag är helt säker på att jag äntligen
har hittat den rätte.